Kathrin Rohmann

Apfelkuchen und Baklava

Dieses Kinderbuch entstand auf Basis eines Projekts mit dem Titel »Omas Garten blüht in mir«, das mit Unterstützung der *Akademie für Kindermedien*, einer Initiative des Fördervereins Deutscher Kinderfilm e. V., unter der Mentorenschaft von Dr. Rüdiger Hillmer und Johanna Faltinat entwickelt und mit dem Baumhaus/Boje-Medienpreis 2015 ausgezeichnet wurde.

Kathrin Rohmann

Apfelkuchen und Baklava
oder Eine neue Heimat für Leila

Illustriert von Franziska Harvey

Boje

FSC
www.fsc.org
MIX
Papier aus verantwortungsvollen Quellen
FSC® C083411

Dieser Titel ist auch als E-Book erschienen

Originalausgabe

Umschlagmotiv: © Franziska Harvey
Satz: Greiner & Reichel, Köln
Gesetzt aus der Aldus LT Std
Druck und Einband: CPI books GmbH, Leck – Germany

Printed in Germany
ISBN 978-3-414-82455-4

5 4 3 2 1

Sie finden uns im Internet unter: www.boje-verlag.de
Bitte beachten Sie auch: www.luebbe.de

Bis zur Drucklegung konnte trotz intensiver Bemühungen die Rechtslage des Gedichtes auf Seite 6 nicht abschließend geklärt werden. Hinweise zu Monzer Masri und seinen Übersetzern Mahmoud Tawfik und Leila Chammaa bitte an den Boje Verlag in der Bastei Lübbe AG, Köln.

Für meine Urgroßeltern
Hulda und Carl

Er legte sich einen Kiesel in die Tasche,
um sich zu erinnern.
Er band sich einen Faden um den Finger,
um den Weg zurück zu finden.
Bis ihm aus allen Taschen Kiesel quollen
und die Finger sich in den Fäden verhedderten.

Da ging er verloren.

Monzer Masri

MAX

Heute ist Montag. Einer der Montage, an denen man nicht aus dem Bett kommt. Einer, an dem eine ganze lange Woche voller Schultage vor einem liegt und das morgendliche nasse Novembergrau ungemütlich unter den Vorhängen hindurch ins Zimmer kriecht.

Max dreht sich in seinem Bett noch einmal um. Dann hört er Schritte auf der Treppe. Er knuddelt sein Kissen zu einem dicken Ball zusammen und taucht das Gesicht hinein. »Jetzt!«, murmelt er, und genau in diesem Moment öffnet sich die Zimmertür.

»Max!« Seine Mutter Mareike steckt den Kopf durch den Türspalt. »Max! Du musst aufstehen!«

»Ja, gleich«, dringt es dumpf aus dem Kissenball.

Mareike schüttelt den Kopf. »Ich komm sonst gleich noch

mal hoch!«, sagt sie warnend und zieht die Tür hinter sich zu.

Max schnauft. Er verharrt noch kurz, lauscht den Schritten seiner Mutter die Treppe hinunter und schlägt dann seufzend die Decke zurück, um ins Bad zu stapfen.

Wenig später setzt Max sich unten in der Küche an den großen langen Tisch zu seinen Eltern.

Er nippt an seinem Kakao und schaut durch das Fenster hinaus auf den Hof. Die getigerte Katze trabt über das noch vom nächtlichen Regen glänzende Kopfsteinpflaster vor der großen Scheune, eine Maus im Maul. Der Wind hat die gelben Ahornblätter zwischen die Egge und den alten Anhänger unter das Vordach gefegt.

»Hast du heute Nachmittag Jugendfeuerwehr?«, fragt seine Mutter und reißt Max damit aus seinen Gedanken.

»Mmm«, murmelt er und nimmt sich eine Scheibe Brot.

»Holt Frederik dich um fünf ab?«

Max nickt. Er schmiert sich ein Brot mit viel zu viel Schokocreme, was sein Vater Jens nur kurz mit dem Hochziehen seiner Augenbrauen kommentiert, bevor er weiter seine Termine auf dem Tablet ordnet.

»Habt ihr den Feuerwehrkurs am Wochenende alle bestanden?«, fragt seine Mutter weiter.

»Da war nichts zu bestehen«, antwortet Max. »Es war nur einer zum Erklären und Zeigen da.«

»Na, ist doch auch schön.« Mareike steht auf. »Max, diese

Woche wird es wahrscheinlich jeden Tag etwas später. Meine Kollegin hat Urlaub. Oma habe ich schon Bescheid gesagt.« Sie packt Max' Schulbrot in eine Tüte und legt einen Apfel daneben auf die Arbeitsfläche. »Nicht wieder vergessen!«, sagt sie zu Max, streicht ihm über den Kopf und schenkt Jens und sich selbst Kaffee nach.

»Mach ich nicht«, verspricht Max und schaut auf die Uhr am Herd. Puh! Schon so spät? Wieso muss morgens die Zeit immer so schnell vergehen? Er spült den Rest Brot mit einem großen Schluck Kakao hinunter und verlässt die Küche. Dass Mama diese Woche länger arbeiten muss, findet er nicht schlimm. Im Gegenteil. Bei Oma Mittagessen und dann im stillen Haus mit einem großen Kakao alleine sein, findet er für eine Woche eigentlich ganz cool.

Als er kurz darauf mit Schultasche in der Hand vom Flur aus »Tschüss!« ruft, diskutieren seine Eltern lebhaft, ob der alte Trecker noch einmal repariert werden sollte oder nicht. Max zieht die schwere Haustür mit Schwung hinter sich zu. So kommt es, dass sich Schulbrot und Apfel einen ziemlich ruhigen Vormittag auf der Arbeitsfläche in der Küche machen.

Draußen ist es kühl. Es riecht nach Herbst, feuchten Blättern und Erde.

Max' Fahrrad steht in seiner Werkstatt, dem alten Schuppen gleich neben der Scheune. Als er die grüngestrichene

Holztür öffnet, quietscht sie leise in den Angeln. Omas Schafe auf der Weide am Hof heben den Kopf.

Durch die geöffnete Tür fällt das Morgenlicht in den Raum. Hier drinnen ist es still. Rechts steht die alte Werkbank, die vermutlich schon Max' Ururopa benutzt hat. Darauf liegen viele Schraubenschlüssel, Schläuche, eine Packung kleiner Glühbirnen und zahllose Schrauben. Daneben, ordentlich aufgereiht, Max' Fahrrädersammlung: ein recht neues Mountainbike ohne Sattel, ein altes schwarzes Rad, dessen goldene Beschriftung am Rahmen abblättert, ein Rennrad, ein silbernes Damenrad und ein blaues Herrenrad mit gebogenem Lenker, einer auffällig großen Vorderlampe und einem Korb auf dem Gepäckträger. Dorthinein stellt Max seine Schultasche und schiebt das Rad durch die Tür.

Als er am Haus seiner Oma vorbeiradelt, öffnet sie gerade die Terrassentür für die Katze. Die hat ihre Maus hübsch ordentlich auf dem Abtreter davor abgelegt und mauzt.

»Warte mal, Max!«, ruft Oma Gertrud und geht ins Haus, gefolgt von der mauzenden Katze. Max rollt an die Terrasse heran. Eigentlich muss er sich jetzt echt sputen. Er trommelt mit seinen Fingern auf den Lenkergriffen. Als Oma wieder herauskommt, hat sie ihre bunte Wolljacke übergezogen, und die Katze streicht ihr noch immer um die Beine.

»Hier«, sagt Oma und reicht Max zwei Müsliriegel. »Erste Pause, zweite Pause.« Sie lächelt. »Oder für Notfälle! Jetzt, nach der Erste-Hilfe-Einweisung.«

»Danke«, sagt Max und strahlt. Was Oma sich immer alles merkt!

Dann schlägt er sich mit der Hand an die Stirn. »Oh, Schei...!«, bemerkt er zerknirscht. »Ich hab schon wieder mein Schulbrot vergessen. Ich glaub, Mama wird langsam echt sauer.«

»Na ja«, sagt Oma, »heute ist Montag. Vielleicht nur ein bisschen sauer.« Sie beugt sich hinunter und streichelt die mauzende Katze. »Aber nächste Woche haben wir eine Backverabredung. Die vergisst du nicht, oder?!«

»Nee!« Max schüttelt heftig den Kopf und grinst. »Lebkuchen sind doch Ehrensache.«

Eilig stopft er die Riegel in seine Schultasche und fährt davon. Am Hoftor dreht er sich noch einmal um, winkt und ruft: »Tschüss, Oma, und danke!« Dann fährt er auf den Radweg Richtung Großbödecke. *Ohne Oma wäre es ganz schön doof*, schießt es ihm durch den Kopf.

Als auf halber Strecke der Schulbus an ihm vorbeiröhrt, blickt Max auf. Frederik winkt am Fenster, Max hebt kurz die Hand. So ein muffeliger, voller Schulbus wäre mal gar nichts für ihn! Max tritt kräftig in die Pedale und zischt durch die Pfützen auf dem Radweg, dass es nur so spritzt.

LEILA

Auch Leila liegt an diesem Montagmorgen im Bett. Sie schläft noch. Ihr Bett steht in einem kleinen schmalen Zimmer mit Dachschräge. Davor liegt ein bunter Teppich. Die wenigen Möbel stehen wie Fremde herum und passen nicht so recht zueinander. Ein alter Küchentisch als Schreibtisch, eine Kommode, hellgrün gestrichen, ein Stuhl und ein blassgeblümter Sessel. Darauf, ordentlich gefaltet, Leilas Anziehsachen. Mit Reißzwecken und Nadeln sind mehrere selbst gemalte Bilder über der Kommode befestigt.

Eines zeigt die syrische Flagge, eines einen großen Baum in einem üppigen Garten, eines eine Bäckerei, eines einen Menschen in einem Bett, scheinbar in einem Krankenhaus, und eines einen winzigen dunklen Punkt inmitten einem Blau, das das ganze Blatt ausfüllt.

Ein hellgelber Vorhang hängt vor dem Fenster, durch den sich das morgendliche nasse Novembergrau bereits erahnen lässt.

»Leila!« Die Stimme ihrer Mutter Aischa dringt herein. Leila dreht sich im Schlaf zu Seite. Ihre Hand, zur Faust geballt, hängt nun über der Bettkante. Sie seufzt, und dann fällt aus dieser Faust etwas heraus, mitten auf den bunten Teppich. Etwas Kleines, Runzeliges, Rundes: eine Walnuss.

»Leila!« Ihre Mutter kommt ins Zimmer. Sie zieht den hellgelben Vorhang zur Seite, setzt sich auf Leilas Bettkante und streicht ihr übers Haar. Gerade als sie wieder ansetzen will zu sprechen, fällt ihr Blick auf den Teppich. Sie lächelt, hebt die Nuss auf und betrachtet sie.

So lange, bis Leila die Augen aufschlägt, sich aufrichtet und sie ihr mit vorwurfsvollem Gesichtsausdruck aus der Hand nimmt.

»Heute beginnen wir neu«, sagt ihre Mutter mit Nachdruck.

»Und wann kommen endlich Vater und Großmutter Amina?«, fragt Leila schlaftrunken.

»Bald.« Aischa presst die Lippen fest aufeinander. »Sehr bald, hoffe ich.« Dann bemüht sie sich zu lächeln. »Aber nun steh auf. Heute ist dein erster Schultag.«

Leila legt die Stirn in Falten und schaut ihre Mutter bittend an. »Kann ich nicht erst morgen …?«

»Nein, heute. Wir werden hierbleiben, hoffentlich. Dann wirst du länger in diese Schule gehen. Wenn alles gut wird, sogar bis zum Abschluss. Sei eine gute Schülerin. Vater wird es freuen.« Sie nickt Leila zu, steht auf und geht hinaus.

Leila bleibt auf der Bettkante sitzen und öffnet ihre Hand. »Liebe Großmutter«, flüstert sie der Nuss zu. Ganz warm klingt ihre Stimme. »*Marhabaan*. Guten Morgen, liebe Großmutter. Du musst mir noch einmal helfen, bitte. Mama sagt, wir bleiben hier. Und heute gehe ich wieder in eine neue Schule. In eine, die bleibt, vielleicht bis zum Abschluss.«

Nachdem Leila sich angezogen hat, steckt sie die Nuss wie immer in die Hosentasche. Dann nimmt sie die Bürste von der Kommode und fährt mit kräftigem Strich durch ihr Haar. Geschickt und mit der Geschwindigkeit des alltäglichen Tuns flicht sie sich ihren Zopf. Sie legt ihn nach vorne über die Schulter und misst, wie weit er schon hinunterreicht. Noch immer ist er nicht so lang wie damals. Bevor sie im Libanon an Bord des Schiffes gegangen sind, hatte Mutter ihn ihr abgeschnitten. Wie ein Junge hatte sie ausgesehen.

In der kleinen Küche steht ein runder Tisch, gerade groß genug für vier Personen. Drum herum hohe gepolsterte Stühle. An der Wand eine Spüle, ein Kühlschrank und eine Anrichte aus dunklem glänzendem Holz, über die Aischa ein

»Liebe Großmutter, bitte hilf mir noch einmal.«

helles Tuch mit Ornamenten und schillernden Pünktchen gelegt hat.

Leila stellt noch zwei Gläser und den Zucker auf den Tisch. Dann setzt sie sich neben ihre Mutter. In Syrien hat sie nie vor der Schule gefrühstückt. Doch hier möchte Aischa das ändern. In Deutschland frühstückt man, sagt sie.

Sie schiebt Leila das selbst gebackene runde Brot hinüber und gießt ihr Milch ein. Leilas Blick schweift über den Tisch. Eine Schale Labnah, ein Stück Schafskäse und ein paar Oliven stehen neben Butter und einer Aprikosenmarmelade. Neben ihr liegen übereinander die dünnen runden Brote auf einem Tuch.

Leila hat keinen Appetit. Kurz fühlt sie nach der Nuss in ihrer Tasche. Dann greift sie doch nach dem Brot, ihrer Mutter zuliebe, und reißt sich ein Stück ab. Es ist ein kleines Stück, sehr klein. Leila bemerkt den Seitenblick ihrer Mutter und schaut auf ihren Teller.

»Guten Morgen.« Ferhad betritt strahlend die Küche. Er hat sein bestes Hemd an und die nassen Haare zurückgekämmt. Sein alter, verschlissener Gürtel fällt in der neuen Jeans plötzlich auf. Gerade als er sich setzen will, kommt auch Alan herein. Ferhad tritt einen Schritt zurück und stützt beide Hände auf die Stuhllehne.

»*Marhabaan*«, sagt Alan lächelnd, hält kurz die Luft an und stellt sich neben seinen Bruder.

Aischa blickt auf und mustert die beiden skeptisch.

»Also«, beginnt Alan. »Jetzt sind wir ja hier. Schöne Wohnung, oder? Aber wenn du Zataar brauchst oder ein paar Fatayer essen möchtest, dann fährst du nach Hannover.« Er hebt die Augenbrauen und schaut seine Mutter an.

Sie verzieht keine Miene.

»Na ja, und da dachten ich und Ferhad ...« Alan macht eine kunstvolle Pause. Dann nickt er seinem Bruder zu und fährt fort: »WIR machen hier einen Laden auf!« Er strahlt, als käme er direkt aus der Fernsehwerbung.

Aischa schließt die Augen. Sie atmet leise aus und murmelt etwas vor sich hin, das klingt wie ein Gebet.

»Mutter«, sagt Alan. »Einen Laden! Wir machen einen eigenen Laden auf! Da gibt es dann alles! Alles was du dir nur wünschst!« Begeistert schaut er Ferhad an, und die zwei klatschen sich ab.

Leila knabbert unbeeindruckt an ihrem Brot. Sie schaut von Alan zu Ferhad und dann zu ihrer Mutter.

»Wir gucken heute gleich mal, wo ...«, beginnt Alan erneut, doch seine Mutter unterbricht ihn.

»Nein«, sagt sie leise, aber bestimmt. »Das macht ihr nicht. Ihr geht zur Schule und lernt anständig. Setzt euch und esst.«

»Aber Mutter, so einen Laden, so einen wie Onkel Rayan ihn in Damaskus hatte, Mutter! Mit ...«

»Nein!«, sagt Aischa lauter und mit dem strengen Blick, der keine Widerrede erlaubt.

Die Jungen schauen einander an.

»Aber«, versucht es nun Ferhad zaghaft, »es ist doch von hier aus echt weit nach Hannover.«

Aischa schüttelt den Kopf.

Ferhad gibt nach, setzt sich und greift nach dem Brot. Als er schweigend den ersten Bissen gekaut und hinuntergeschluckt hat, schaut er zu Alan, der jetzt mit gesenktem Kopf am Tisch sitzt.

»Aber …«, beginnt er noch mal.

Aischa seufzt.

»Aber Baklava dürfen wir jetzt doch mal backen, Mutter, bitte. Vaters Baklava.«

Aischa legt beide Hände vors Gesicht. Dann blickt sie von Ferhad zu Alan. »Nein, Ferhad«, sagt sie und steht auf. »Jetzt nicht wieder das. Lasst uns hier erst einmal ankommen!«

Als Ferhad noch einmal ansetzt, erntet er einen durchdringenden Blick von Alan.

Die Jungen verlassen wenig später die Küche. Aischa schiebt Leila ein zusammengerolltes rundes Brot in einem Papiertütchen hinüber. Da Leila nicht reagiert, fragt sie: »Hast du Angst vor der neuen Schule?«

Leila nickt kaum merklich.

»*Ya, Laylaa.* Ach, Leila.« Ihre Mutter streicht ihr am Zopf entlang. »Dieser erste Tag wird nicht so schlimm werden. Du wirst sehen. Vielleicht gibt es hier richtig nette Mädchen. Du kannst inzwischen so gut Deutsch! Guck mal, und diese schöne Wohnung. Es wird jetzt alles gut!«

Leila nickt. Doch glaubt sie eigentlich nicht daran. Warum sollte es denn nun gerade hier, nach all der Zeit, gut werden?

Doch hier fallen keine Bomben, denkt sie. Hier ist es still. Hier ... ist es sicher. Und das ist gut! Außerdem kommen Vater und Großmutter jetzt bald nach.

Plötzlich glänzen ihre Augen. »Mutter!«, ruft sie. »Heute Abend skypen wir doch, oder? Mit Vater. Und mit Großmutter!«

»Ja, ja, bestimmt«, sagt Aischa, meidet Leilas Blicke und steht schnell vom Tisch auf.

Ist irgendetwas passiert? Leila spürt einen Stich im Herzen. Gibt es etwas, das sie nicht weiß?

»Sind Großmutter und Vater denn noch in Damaskus?«, fragt sie und öffnet dabei das Papiertütchen. »Oder schon auf dem Weg?« Sie zieht das Brot heraus und beginnt Oliven und Käse neu zu ordnen. »Wie geht es Großmutter?«

Aischa dreht sich nicht um. »Wir werden es heute Abend hören«, antwortet sie. »Ich hoffe, es klappt mit der Verbindung.«

Leila nimmt das Papiertütchen mit dem neugeordneten Brot, faltet es ordentlich zu und schiebt es dann sorgsam in ihre Umhängetasche neben den Block, das Stifteetui und das dicke Wörterbuch.

Auf dem Weg zur Schule geht Leila hinter ihren Brüdern her. Dabei gibt sie Acht, dass sie nicht in die Pfützen tritt.

»Jetzt lass mal endlich diesen Backkram!« Heftig redet Alan auf Ferhad ein. »Wir wollen einen Laden aufmachen, keine Bäckerei!«

Leila greift in ihre Hosentasche. Sie nimmt die Nuss in ihre Faust, hält sie ganz nah an ihrem Mund und flüstert Großmutter Amina etwas zu. Sie sagt ihr ein Gedicht auf, das traurige von den Steinen in den Taschen und den roten verwirrten Fäden.

Die drei Geschwister folgen vielen fremden Kindern hinein in diese Schule, die so ähnlich riecht wie die letzte Schule in Hannover und so anders als ihre Schule in Syrien.

In diese hier gehen Jungen und Mädchen bis zum Abschluss gemeinsam. Sie lärmen gemeinsam durch die Gänge, laufen und lachen. *Es ist alles anders*, denkt Leila. Der Geruch, die Geräusche, die Sprache, das Benehmen, kein Krieg.

»Hallo, du!«, spricht Alan einen Jungen an, etwa in Leilas Alter. »Wo ist denn das Sekretariat?«

»Da, um die Ecke hinter der Glastür«, antwortet der Junge und zeigt in die angegebene Richtung.

»Danke«, sagt Alan, und als die drei Geschwister weitergehen, dreht sich Leila noch einmal um. Der Junge geht in einen Gang am Ende der Halle. Die Schultasche hat er über eine Schulter gehängt, und die Hose ist unten voller Dreckspritzer. So hätte Mutter Alan und Ferhad nie zur Schule gelassen.

Im Sekretariat bleiben die drei vor dem Tresen stehen.

Das Telefon klingelt in einer Tour, einige Schüler stehen herum und reden durcheinander. Die Sekretärin ist beschäftigt. Ihr Schreibtisch ist voll mit Papieren, einzeln und in Stapeln, in denen sie offensichtlich gerade etwas sucht. Neben dem Computerbildschirm steht eine verkümmerte kleine Palme, davor ein Block bunter Notizzettel und ein Teller mit Mandarinen, Keksen, Gummibärchen und Unmengen von Bonbons.

Sie seufzt laut und hebt dann den Telefonhörer ab. »Otfried-Preußler-Gesamtschule, Kovac, Sekretariat.« Nebenbei nickt sie Alan lächelnd zu. »Sofort«, sagt sie, während sie die Sprechmuschel zuhält.

Sie warten lange in diesem warmen, engen Sekretariat. Frau Kovac sagt stetig Ja in den Hörer, setzt an mit: »Aber, bedenken Sie …«, schweigt und hört dann nur noch nickend zu.

Hinter ihnen betritt ein Mann in einem dunklen Wintermantel den Raum. Die Schülergruppe verstummt. Einzelne grüßen murmelnd, dann trollt sich der Pulk ohne weitere Aufforderung. Der Mann im Mantel geht am Tresen vorbei. Er blickt über den Rand seiner Brille zu Alan, Ferhad und Leila hinüber, nickt Frau Kovac zu und greift in den Süßigkeitenteller. Während er links die Tür aufschließt, hört man ihn krachend ein Bonbon zerbeißen. »Direktor Dr. Bergner« liest Leila auf dem Schild daneben.

Dann endlich legt Frau Kovac auf. Sie seufzt. Und als an der Tür des Sekretariats ein anderer Mann vorbeigeht, ruft sie laut:

»Herr Heins! Darf ich Sie um einen Gefallen bitten?«

Der Mann bleibt stehen. »Ja bitte, Frau Kovac?«, fragt er und schaut auf seine Armbanduhr.

»Herr Heins, das hier sind unsere neuen Schüler, nicht wahr? Aus Syrien, richtig? Willkommen bei uns!«, sagt sie, hält kurz inne und lächelt.

Dann wendet sie sich wieder an Herrn Heins. »Bitte tun Sie mir den Gefallen und bringen Sie sie in ihre Klassen, ja? Ich sage Ihnen auch wohin.«

Frau Kovac eilt zurück an ihren Schreibtisch und blättert durch die Papiere. »Ihr könnt ja schon gut Deutsch, haben wir mitgeteilt bekommen«, murmelt sie und zieht dann ein Blatt hervor. »Hier stehen eure Klassen drauf. Alan, Ferhad. Habe ich das richtig ausgesprochen? Und …« Geschäftig dreht sie das Blatt auf dem Tresen so herum, dass Herr Heins es lesen kann. In diesem Moment entdeckt sie auch Leila. »Und Leila, das bist dann wohl du. Du kommst in die 5b, gleich hier unten in Gang A. Bei Frau Martens. Vielen Dank, Herr Heins!«

Herr Heins schaut noch einmal auf seine Armbanduhr.

Es klingelt zur ersten Stunde. Seufzend nickt er. »Mach ich doch, Frau Kovac.«

Die Kinder folgen Herrn Heins durch die nun leere Pausenhalle. Leila greift nach ihrem Zopf und legt ihn wieder nach vorne über die Schulter. Ganz fest umklammert sie ihn.

Alle paar Schritte dreht sich Herr Heins um, und es scheint jedes Mal, als wolle er etwas sagen. Doch dann lächelt er nur. Vor einer blauen Tür bleibt er schließlich stehen.

»So, hier ist deine Klasse«, sagt er zu Leila, klopft und greift die Klinke. Aufmunternd nickt er ihr noch einmal zu, dann öffnet er die Tür.

Vorsichtig hebt Leila den Blick. Achtundzwanzig Augenpaare schauen sie an.

Frau Martens, die vorne am Pult steht, hält inne. »Ach ja«, sagt sie sehr freundlich. »Heute kommt eine neue Schülerin in unsere Klasse. Leila aus Damaskus, richtig?« Sie sucht Leilas Blick, der noch für einen Moment auf dem Fußboden klebt.

Doch schließlich schaut sie auf.

»Na, wenn du magst, kannst du dich nachher oder auch erst im Laufe der Woche der Klasse vorstellen. Sieh mal, neben Jette ist ein Platz frei. Das haben wir schon besprochen.«

Ein Mädchen in der vorletzten Reihe lächelt und zeigt auf den Stuhl neben sich.

Erleichtert guckt Leila in Jettes freundliches Gesicht. Sie löst sich von der Tür, tritt in den Klassenraum und hört Frau Martens »Danke, Michael« sagen. Noch einmal dreht sie sich um, fängt Ferhads Blick auf, der all seine Angst verrät, dann fällt die blaue Tür ins Schloss.

Leila setzt sich, lugt kurz zu Jette hinüber und hängt ihre Jacke über die Stuhllehne. Dabei entdeckt sie den Jungen, den Alan vorhin nach dem Weg gefragt hat. Der mit den Dreckspritzern an der Hose. Er sitzt genau hinter ihr und guckt sie mit großen Augen an.

Schnell dreht Leila sich wieder um. Sie holt den Block und ihr Stifteetui aus der Schultasche und schaut nach vorn. Doch es kommt ihr so vor, als spüre sie die ganze Zeit seinen Blick auf ihrem Rücken.

Frau Martens nickt Leila zu und beginnt wieder, zur Klasse zu sprechen.

»Adventsbasar« versteht Leila. Basar kennt sie. Advent ist irgendein Fest. Sie erinnert sich an etwas im letzten Jahr in Friedland. Irgendetwas mit Kerzen und Kränzen aus Tannenzweigen. Sie hört aufmerksam zu und versteht fast alles. Als Frau Martens fertig ist, tastet Leila nach der Nuss in ihrer Hosentasche. Danke, Großmutter! Sie schließt kurz die Augen. Danke auch für Jette und ihr freundliches Lächeln.

»So«, sagt Frau Martens schließlich. »*Now, we start in English.*«

Sie lesen gemeinsam einen Text. Jette schiebt ihr Buch in die Mitte und zeigt mit dem Finger, wo sie gerade sind. Leila nickt. Sie murmelt »*Thank you*«.

Englisch fällt ihr noch immer leichter als Deutsch, denn das hat sie schon in Syrien gelernt. Und genau wie in Mathe tut es gut, auf etwas Vertrautes zu treffen.

Am Abend sitzt Leila mit Alan, Ferhad und ihrer Mutter dicht zusammengedrängt auf dem Sofa. Seit einer Viertelstunde versuchen sie, mit ihrem Vater Hassan zu skypen. Immer wieder bricht die Verbindung ab. Zu viert blicken sie auf den kleinen Bildschirm von Aischas Smartphone.

»Mutter, drück noch mal auf den Hörer!«, sagt Alan. Sein Drängen ist energisch, auch er kann seine Unruhe nicht verbergen.

Leila betrachtet Vaters lachendes Gesicht. Ein kreisrundes Foto mitten auf dem Bildschirm. So hat sie ihn gar nicht mehr in Erinnerung. Gelacht hat er nicht, als sie sich von ihm verabschiedet haben. Wie lange ist das nun schon her?

»Wo ist denn Vater jetzt?«, fragt sie und spürt, wie Ferhad neben ihr sich anspannt.

»Vielleicht hat er gerade keinen Empfang«, antwortet ihre Mutter. Sie bemüht sich, ganz normal zu klingen, und streicht Leila dabei über den Rücken.

»Aber«, sagt Leila und ignoriert Alans warnenden Blick, »er weiß doch, dass wir heute skypen wollten, oder?«

Ganz fest umfasst sie jetzt die Walnuss in ihrer Hosentasche.

»Natürlich«, sagt ihre Mutter. »Vielleicht ist er noch in der Bäckerei oder mit Großmutter beim Arzt.«

»Jetzt? Um diese Uhrzeit?«, entfährt es Ferhad.

Aischa schweigt. Zum x-ten Mal drückt sie auf den Hörer auf dem Bildschirm, doch es bleibt dabei: Der Teilnehmer ist nicht erreichbar, Anruf fehlgeschlagen.

Und so sitzen die vier noch eine Weile auf dem Sofa und starren auf den Bildschirm. Ab und zu sagt Alan: »Mutter, jetzt drück noch mal auf den Hörer!«

Doch Vater bleibt nicht erreichbar. Da ist nur sein lachendes Gesicht auf diesem kreisrunden Foto.

Am nächsten Tag folgt Leila in der großen Pause einer Traube von Schülern hinaus auf den Schulhof. Kurz hinter der Tür bleibt sie stehen und schaut sich um.

Der Schulhof ist geteert. Rundherum stehen Büsche und kleinere Bäume. Einige mit bunten Blättern, einige mit Trauben kleiner oranger Beeren und einige schon kahl. Davor stehen Bänke, verteilt auf dem ganzen Hof.

Ein paar Jungs spielen Fußball mit einem Tennisball, auf einem Feld mit mülleimergroßen Toren aus Metall.

Ganz schön glatt und ordentlich, denkt Leila und muss an ihren Schulhof in Syrien denken. Dort haben sie Fangen gespielt auf einem Hof aus Sand und Steinen. Oder sind Seil

»Wo sind Vater und Großmutter jetzt?«

gesprungen, alle zusammen. Die Jungen haben ihre Fußballfelder in den Schotter gekratzt und die Tore mit größeren Steinen markiert.

Dann entdeckt sie unter den Fußballspielern den Jungen mit den schmutzigen Hosenbeinen, der genau hinter ihr sitzt und sie auch heute wieder so angeguckt hat. Jetzt steht er im Tor und sieht ein bisschen gelangweilt aus.

Plötzlich steht Jette neben ihr.

»Du bist noch nicht so lange in Großbödecke, oder?«, fragt sie, und es wirkt, als ob sie sich diese Frage lange und genau überlegt hat. Denn obwohl sie seit gestern nebeneinandersitzen, haben sie noch nicht so richtig miteinander gesprochen.

Leila schüttelt den Kopf. »Seit Samstag.«

»Oh.« Jette wirkt überrascht. Für einen Moment bleibt es zwischen ihnen still. Es fühlt sich ein bisschen unangenehm an, findet Leila, und so fügt sie schnell hinzu: »Aber wir haben eine schöne Wohnung.«

»Ach so,« Jette nickt. »Frau Martens hat gesagt, ich soll diese Woche noch mit dir in die Schulbücherei gehen, damit du deine Bücher bekommst.« Sie schaut Leila von der Seite an und wirkt plötzlich unsicher. »Ist das in Ordnung?«

»Ich weiß nicht. Ja, bestimmt.« Leila nickt fast unmerklich. An Bücher hat sie gar nicht gedacht. Mama vielleicht auch nicht. Ob die hier Geld kosten? »Ich frag erst meine Mutter«, beeilt sie sich zu sagen, »vielleicht morgen.«

»Okay, morgen ist prima.« Jette lächelt und wendet sich

zum Gehen. »Ich sage Frau Martens Bescheid. Kommst du mit zu den anderen?«

Leila schüttelt unwillkürlich den Kopf. Nein! Nicht dastehen, und plötzlich sagt keiner mehr etwas. Oder jemand fragt, wie es ihr geht. Was soll sie dann antworten?

»Na dann … bis gleich«, sagt Jette leise und geht, erst langsam, dann schneller, zurück zu einer Gruppe von Mädchen am anderen Ende des Schulhofs.

Leila krallt ihre Finger ineinander und starrt auf ihre Füße. Hätte sie anders reagieren sollen? So viel Geld haben sie nicht. Ob Alan und Ferhad auch Bücher brauchen? Wenn sie nur wüsste, wo die beiden sind. Auf dem Schulhof kann sie sie nirgends entdecken.

Schließlich greift sie in die Hosentasche, schließt die Augen und umfasst ganz fest die Nuss.

MAX

Als Max von der Schule heimkommt, steht Oma gerade auf der Schafweide. Sie kontrolliert Dollys Klauen, weil sie ein bisschen humpelt.

Max hält an und schaut zu. »Oma«, fragt er, als sie Dollys Hinterbein wieder absetzt. »Hattest du früher auch einen Zopf, als du klein warst? Ich meine, so einen geflochtenen, den ganzen Rücken hinunter?«

»Nein«, antwortet Oma, grinst und tätschelt Dolly den wolligen Rücken. »Ich hatte zwei.« Dabei fährt sie mit beiden Händen seitlich am Kopf entlang.

Nachdem sie jedem Schaf noch ein Stück trockenes Brot aus ihrer Jackentasche gegeben hat, kommt sie durch das Gatter. Eine Weile stehen Oma und Max schweigend nebeneinander.

»Wir haben ein neues Mädchen in der Klasse«, sagt Max schließlich. »Sie kommt aus Syrien.«

»Und? Ist sie nett?«, fragt Oma.

»Woher soll ich das denn wissen?«, fragt Max verwundert.

»Vielleicht hast du schon mit ihr gesprochen?«

Max antwortet nicht.

»Hast du schon mit ihr gesprochen?«, hakt Oma nach.

»Nein, nicht so richtig.«

»Warum nicht?«

»Was soll ich denn sagen? Guten Tag, ich bin Max, ich komme aus Lintze. Das ist ein Dorf, drei Kilometer von Großbödecke entfernt. Und wie geht es dir?« Er sagt es ein bisschen zu heftig, das fällt ihm selbst auf. Schnell schüttelt er den Kopf.

»Zum Beispiel. Oder du kannst sie einfach einladen. Zum Spielenachmittag mit Apfelkuchen.«

Max starrt seine Oma an. »Wie? Einfach so?«

»Ja, klar. Vielleicht freut sie sich.«

Max schaut über die Schafweide. Einfach so fragen?! Wie Oma sich das vorstellt! Wie soll er das denn machen?

»Ich kann ja mal darüber nachdenken«, sagt Max und geht zu seinem Fahrrad.

Dann zögert er und sagt: »Sie hat übrigens *einen* Zopf. Einen ganz dicken, geflochtenen Zopf. So lang.« Er legt die ausgestreckte Hand zwischen die Schulterblätter auf seinen Rücken.

Oma stutzt kurz und lächelt. »Der sieht bestimmt schön aus, der Zopf«, sagt sie.

»Hmm«, murmelt Max und schiebt sein Rad über den Hof, Richtung Schuppen.

In der nächsten Englischstunde fragt Frau Martens Leila: »*Are you fine?*«

Leila nickt.

Dann beginnt Frau Martens mit einem neuen Kapitel, in dem es um eine Familie geht, die umzieht. *Moving day at the Bartens* heißt der neue Text, und viele Worte für Möbel kommen darin vor. Im Anschluss ans gemeinsame Lesen stellt Frau Martens Fragen.

»*Do you sleep in a chair or in a bed?*«

»*Do you sit on a cupboard or at a table?*«

Es melden sich immer nur wenige Schüler. Auf die Frage, wer schon einmal selbst umgezogen sei, melden sich zwei.

Zögernd hebt auch Leila die Hand. Alle drei sollen nun etwas von ihrem Umzug erzählen. Als Leila dran ist, holt sie tief Luft, senkt kurz den Blick und beginnt zu sprechen. Augenblicklich wird es still in der Klasse.

»*We came from Syria to Germany. It is a very long way. We went through the Mediterranean Sea on a small boat.*« Leila stockt. Als sie aufschaut, nickt Frau Martens ihr zu. Dieses Mal lächelt sie nicht. »*Now we just moved from Hannover to Großbödecke*«, fährt Leila fort.

»My new room is small. I have a bed. It is a present. My table is a present too, and I have a chair.«

Leilas Akzent klingt ungewohnt für Max. Während sie spricht, versucht er sich ihr kleines Zimmer vorzustellen, mit all den geschenkten Möbeln.

Sein eigenes Zimmer ist ziemlich groß und in den letzten Sommerferien hat er einen neuen Schreibtisch bekommen. Auch ein Geschenk, allerdings von seinen Eltern, und er hat ihn sich selbst aussuchen dürfen. Und umgezogen ist er noch nie.

»*Max*«, sagt Frau Martens plötzlich. »*Which furniture are in your room at home? Please, tell us*«, fordert sie ihn auf.

»*I … I am a table*«, stottert Max, ganz und gar aus seinen Gedanken gerissen. »*And a bed.*«

Einzelne Kinder beginnen zu kichern. Frau Martens bemüht sich, ernst zu bleiben.

Frederik schräg neben ihm prustet los: »Du bist ein Tisch?!« Jetzt lachen fast alle. Max schießt Hitze in den Kopf. Er wird tomatenrot, doch schließlich muss er auch lachen.

»*You are not a table!*«, korrigiert Frau Martens. »*In your room is a table. And a bed? Is this right?*«

Max nickt und ist dankbar, dass sie gleich darauf jemand anderen drannimmt. Auch Frederik beschreibt mühsam sein Zimmer. Als Letzte ist Jette dran.

Als es zur Pause klingelt, kommt Frederik zu Max. »Hey, spielst du heute noch mal mit Fußball?«, fragt er grinsend und bufft Max in die Seite. »Wir brauchen wieder einen Torwart. Leon ist doch nicht da.«

»Na gut«, sagt Max. »Aber so ein Tisch ist ein Spitzentorwart, dass du es nur weißt!« Er grinst, wühlt aus der Tasche sein Pausenbrot heraus und folgt Frederik auf den Schulhof.

»Ihr habt ein neues Mädchen in der Klasse?« Max' Mutter stellt den Käseteller auf den Abendbrottisch. »Das hat Frederiks Mutter mir heute erzählt.« Sie klingt ein bisschen vorwurfsvoll. »Sie kommt aus Syrien. Davon hast du uns gar nichts gesagt.«

»Stimmt«, antwortet Max.

»Kann sie denn schon gut Deutsch?«, will seine Mutter wissen.

»Weiß ich nicht. Sie sagt ja nicht viel.« Er sieht schon wieder diesen Zopf vor sich.

»Wieso sagt sie denn nicht viel?«, hakt seine Mutter nach und nimmt sich eine Gurke.

»Mareike!«, mischt sein Vater sich ein. »Vielleicht ist sie gerade erst angekommen und kennt hier noch niemanden?«

»Sie sitzt neben Jette Ahlberg«, sagt Max und nimmt sich eine Scheibe Brot. »Die ist nett.«

»Ahlberg?«, fragt Mareike. »Ist das nicht ihr Vater, der Hillmers alte Bäckerei in der Dorfstraße gepachtet hat? Da will doch einer so ein Musikding mit Laden oder Café aufmachen. Jens, wie heißt der denn noch mal? Heißt der nicht Ahlberg?«

Max blickt auf. »Was?«

»Ja, kann sein«, sagt Jens, ohne den Blick von seinem Tablet zu heben.

»Ich glaube, der heißt Ahlberg«, sagt seine Mutter und sieht Max an. »Du kannst ja deine Klassenkameradin mal fragen.«

Verdutzt schaut Max seine Mutter an. Nein! Das wird er bestimmt nicht tun!

Als sein Vater wenig später vom Tisch aufsteht, bleibt Max noch sitzen. Er schlürft den Rest Tee aus der Tasse, nimmt die letzte Gurke und sieht aus dem Fenster. Draußen ist es schon stockdunkel.

Ob diese Leila wirklich deswegen nichts sagt, weil sie niemanden kennt? Ob Oma recht hat, und er sollte sie einfach ansprechen? Und vielleicht sogar einladen? Er könnte ja morgen etwas zu ihr sagen. So etwas wie »Hallo!« oder »Gefällt es dir hier?« könnte er fragen, einfach so. Vielleicht. Oder: »Wie lange bist du schon in Deutschland?« Und vielleicht könnte er sie sogar einladen.

»Max«, sagt seine Mutter und zerstreut damit seine Gedanken. »Klappt das mit dem Backen bei Oma nächste Woche? Wegen des Adventsbasars, da sollen wir doch etwas zum Café beisteuern.«

»Ja klar. Das klappt«, antwortet Max und steht vom Tisch auf.

LEILA

Als Leila sich am Freitagmorgen neben Jette setzt, ist ihr der Platz schon ein bisschen vertraut. Sie kennt die Geräusche, das Lachen und Stühlerücken, den Gong und auch den Geruch der neuen Schule. Es ist hier gar nicht mehr so fremd. Seit gestern hat sie auch eigene Schulbücher. Die gab es ohne Geld. Nur so einen Ausweis von der Schule braucht sie noch, hat die Büchereifrau gesagt, und Jette hat genickt.

Zum ersten Mal erwidert Leila ohne zu zögern Jettes Lächeln, obwohl ihr heute irgendwie ein bisschen schummerig ist. Nur an diesen Jungen hinter sich hat sie sich noch nicht gewöhnt. Dauernd starrt er sie an, aber nie sagt er etwas.

In der Pause wartet Jette auf sie. »Da bist du ja. Wir müssen doch noch deinen Schülerausweis abholen«, sagt sie.

Leila nickt. »Ja«, sagt sie leise.

Als sie durch die Pausenhalle gehen, schaut Jette sie von der Seite an. »Geht es dir nicht gut? Du bist irgendwie so blass im Gesicht.«

Leila blickt auf und bemüht sich zu lächeln. »Nein, nein, es ist alles gut«, sagt sie.

Im Sekretariat ist es wie beim letzten Mal voll und warm. Fast schon stickig. Leila wird ein bisschen übel.

»Können wir den Schülerausweis von Leila abholen?«, fragt Jette, als sie nebeneinander am Tresen stehen.

Frau Kovac seufzt wie immer und blättert in einem Fach im Regal an der Wand alle Umschläge durch, bis sie schließlich einen herauszieht. »Da ist er ja, bitte schön«, sagt sie und reicht ihn Leila.

»Danke«, sagen Jette und Leila wie aus einem Mund. Frau Kovac lächelt, und Leila und Jette tauschen einen Blick.

»Sag mal, Leila, geht es dir nicht gut?«, fragt Frau Kovac. »Du siehst so blass aus.«

Leila schüttelt den Kopf etwas zu heftig. »Nein, nein, es ist gut«, sagt sie.

Es ist ihr schrecklich unangenehm, dass man sehen kann, dass ihr unwohl ist. Hier ist alles gut und still und friedlich, und sie will nicht, dass ihr hier übel ist. Es ist nicht so schlimm wie auf dem Boot, damals, aber dennoch … Sie greift in ihre Hosentasche und umfasst die Walnuss ganz fest. So als könne sie sich an ihr festhalten. Als Jette sich zum Gehen wendet, trottet sie hinter ihr her, zurück in die Pausenhalle. Es klingelt.

Und da wird ihr schwarz vor Augen. Urplötzlich. Es rauscht laut in ihren Ohren, und dann merkt Leila nur noch, wie ihre Beine sie nicht mehr tragen, ihre Hand auf etwas Hartem aufschlägt. Sie hört noch ein Klackern auf den Fliesen, und von da an weiß sie für einen Moment gar nichts mehr.

MAX

Jette fährt herum und schreit auf. Sie schlägt die Hand vor den Mund, bückt sich, doch zögert dann, Leila anzufassen. Viele Kinder bleiben stehen, nur einer drängelt sich von hinten durch, kniet sich auf den Boden, legt vorsichtig einen von Leilas Armen nach oben, den anderen vor ihren Körper, dann rollt Max Leila sorgsam in die stabile Seitenlage.

Irgendwie riecht sie ungewöhnlich, findet Max. So blumig. Am liebsten würde er noch Leilas Zopf vom Fußboden aufheben und über ihre Schulter legen, aber das traut er sich nicht.

Plötzlich schlägt Leila die Augen auf.

»Was machst du denn da?«, ranzt ein Neuntklässler Max an, als er sich durch die Kindertraube geschoben hat. »Bist du Ersthelfer, du Knirps?!«

Max schaut auf. »Nö«, sagt er, »aber Feuerwehrmann.«

Der Neuntklässler klappt seinen Mund auf und zu und kniet sich neben Leila. Er macht ein wichtiges Gesicht, hilft Leila, sich aufzusetzen, und drängt Max dabei an die Seite. Mit noch wichtigerer Miene sagt er zu Max: »Beeil dich! Geh zu Frau Kovac. Sie soll einen Krankenwagen rufen. Los!«

Streiten lohnt nicht, vor allem nicht jetzt, das hat Max schon gemerkt. Er nickt noch schnell Jette zu, dann läuft er ins Sekretariat.

»Ein Mädchen ist umgekippt!«, ruft er von der Tür aus ins Sekretariat hinein. »Frau Kovac, Sie müssen einen Krankenwagen rufen. Es ist Leila, die Neue aus meiner Klasse.«

Frau Kovac schaut auf und seufzt laut. »Ach herrje, sie sah gerade eben auch schon so schlecht aus«, sagt sie, und das auf jeden Fall viel zu gelassen für Max' Empfinden.

»Ist sie denn ohnmächtig?«

»Nein, sie ist umgekippt, aber jetzt hat sie die Augen schon wieder auf. Haben Sie vielleicht eine Flasche Wasser?«

In diesem Moment kommt Dr. Bergner mit einem dicken Ordner unterm Arm aus seinem Büro. Er lässt seinen Blick oberhalb der Brille durch den Raum schweifen. »Problem?«, fragt er.

»Nein, nein. Haben wir schon im Griff«, bemüht sich Frau Kovac die Situation als völlig harmlos darzustellen.

Dr. Bergner nickt, greift im Vorbeigehen in den Süßigkeitenteller und zerbeißt krachend ein Bonbon.

»Gut, gut. Immer mit der Ruhe«, schnauft Frau Kovac, langt unter ihren Schreibtisch und gibt Max eine kleine Wasserflasche. »Geh mal rüber und klopf am Lehrerzimmer. Es soll einer mit dir mitkommen. Und ich rufe ihre Mutter an.« Sie legt noch drei Blätter beiseite, murmelt etwas vor sich hin und setzt sich an den Computer.

Als Max am Lehrerzimmer klopft, öffnet Frau Martens. Ohne lange zu fragen, läuft sie mit ihm Richtung Pausenhalle.

»Halt! Frau Martens!«, ruft Frau Kovac ihnen hinterher. »Ich habe die Telefonnummer von der Mutter nicht! Können Sie mir die bitte von dem Mädchen organisieren.«

Als Max und Frau Martens eintreffen, sitzt Leila immer noch auf dem Fußboden, links den Neuntklässler, rechts Jette neben sich. Max reicht ihr die Wasserflasche.

»So«, sagt Frau Martens und macht eine scheuchende Handbewegung zu den herumstehenden Schülern. »Ihr geht jetzt alle in euren Unterricht. Hier gibt es nichts zu gucken!« Sie klingt ungewöhnlich streng.

Max zögert – und bleibt. Genauso wie der Neuntklässler, Jette und noch zwei Jungs. Max erkennt sie wieder. Es sind die beiden, mit denen Leila am Montagmorgen in die Schule gekommen ist. Der Ältere redet in einer fremden Sprache energisch auf Leila ein.

»Was ist passiert?«, fragt der offensichtlich Jüngere und sucht Blickkontakt zu den Umstehenden. Seine Stimme klingt besorgt.

»Ihr seid ihre Brüder, oder?«, fragt Frau Martens, und Ferhad nickt.

»Sie ist vermutlich …« Der Neuntklässler spricht sehr langsam und deutlich, ohne jemanden anzusehen.

»Sie ist umgekippt«, unterbricht ihn Max und schaut Ferhad an, der dankbar seinen Blick erwidert. »Vielleicht hat sie zu wenig gegessen oder getrunken.«

Ferhad zuckt mit den Schultern.

Der Neuntklässler guckt von Max zu Ferhad und beginnt dann noch einmal sehr langsam und deutlich: »Verstehst du …?«

»Vielen Dank, Tobias«, fährt Frau Martens dazwischen. »Ich kümmere mich um Leila. Du kannst jetzt auch in deinen Unterricht.«

Tobias wirkt etwas verdattert, aber dann trollt er sich.

Da kommt Bewegung in Leila. Hektisch beginnt sie, alle ihre Taschen zu durchsuchen. Die Hose, die Jacke und dann noch einmal, die Hose, die Jacke. Plötzlich laufen ihr Tränen über die Wangen.

»Was ist los?«, fragt Alan und kniet sich neben sie.

Leila schluchzt auf und antwortet schniefend etwas, das Max nicht versteht. Scheinbar auch ihr Bruder nicht, denn er fragt noch einmal nach. Dieses Mal klingt er unwirsch.

Leila wischt die Tränen von ihren Wangen. Erst jetzt wird ihr offensichtlich bewusst, wer alles um sie herumsteht. Trotz des blassen Gesichts bekommen ihre Wangen Röte. Sie flüstert zwei Worte, die für Max wie »Ruschu balju-irgendwas« klingen.

Fragend sieht er Ferhad an. »Ruschu was?«, fragt er.

Ferhad ringt nach dem Wort. Er formt einen Kreis aus Zeigefinger und Daumen. »Nuss«, sagt er, »eine große Nuss.«

»Nuss?«, fragt Max stirnrunzelnd.

Er wundert sich. Bestimmt ist es etwas anderes. Das hat ihr Bruder bestimmt nur falsch übersetzt. Was hat sie noch mal gesagt? »Ruschu balju…«

»Na, ich glaube, du gehörst nach Hause ins Bett«, sagt Frau Martens und legt Leila die Hand auf die Schulter. Dann wendet sie sich an Alan und Ferhad. »Ihr zwei geht jetzt bitte zu Frau Kovac und ruft eure Mutter an. Sie soll Leila abholen. Und gebt die Nummer bitte auch Frau Kovac, ja?«

Alan zögert, dann nickt er und geht mit Ferhad ins Sekretariat.

»So, und bis deine Mutter kommt und dich abholt, bringe ich dich ins Krankenzimmer. Da kannst du dich auf die Liege legen. Das ist besser als hier auf den kalten Steinen herumzusitzen.« Energisch hakt Frau Martens Leila unter.

»Du holst bitte Leilas Schultasche aus der Klasse«, wendet sie sich an Jette. »Und Max kommt mit und bleibt bei

Leila. Ich muss eben in der Siebten wenigstens eine Aufgabe an die Tafel schreiben.«

Max folgt Frau Martens und Leila. Ihm ist ein bisschen mulmig zumute. Kurz schaut er Jette hinterher, als ihm Omas Worte einfallen: »Für Notfälle«, hat sie gesagt. »Jette, bringst du aus meiner Schultasche den Müsliriegel mit, der muss irgendwo dadrin sein!«, ruft er ihr nach.

Im Krankenzimmer ist es kühl. Es riecht nach abgestandener Luft, mit einem Hauch von Plastik von der alten grünen Krankenliege an der Wand. Frau Martens wartet, bis Leila sich hingelegt hat, dann öffnet sie das Fenster und deckt Leila mit einer Decke aus dem Schrank zu. »Ich komme gleich wieder«, sagt sie und geht hinaus.

Max setzt sich auf den einzigen Stuhl, der in der Ecke des Raumes steht. Von weitem hört man Autos auf der Hauptstraße fahren, sonst ist es still. Keiner sagt ein Wort. Max knetet seine Hände. Jetzt könnte er etwas zu ihr sagen! Endlich mal. Etwas richtig Gutes. Wenn ihm doch nur etwas einfallen würde!

»Gefällt es dir hier?« Geht jetzt nicht! »Wie findest du eigentlich unsere Schule?« Passt jetzt auch nicht! Und in diesem Moment kann er sie wohl auch schlecht zu Oma einladen.

Schließlich räuspert er sich und fragt: »Geht es dir schon besser?«

Leila rührt sich nicht. Sie starrt weiter an die Decke. »Ja, schon viel besser«, antwortet sie schließlich.

Dann herrscht wieder Schweigen.

»Bist du, ich meine, ähm, deine Brüder und deine Eltern, wo wohnt ihr denn hier?«

Diesmal bleibt es still. Sehr lange sehr still. *Sie wird nicht antworten,* denkt Max. Nie wieder auf irgendeine seiner wahrscheinlich doch blöden Fragen.

»Mein Vater und meine Großmutter sind noch in Syrien«, stößt Leila dann plötzlich hervor. Sie zieht die Nase hoch und dreht den Kopf. »Aber sie kommen bald nach.«

»Ich, ich habe auch eine Oma«, stammelt Max. »Sie wohnt bei uns nebenan. Und sie hat Schafe.« Er versucht ein Lächeln. »Und sie spielt gerne Spiele und ...«

»Meine Großmutter hat einen Garten«, sagt Leila, und dieser Satz klingt so anders, so weich und warm, dass Max für einen klitzekleinen Augenblick das Gefühl hat, er stünde mitten darin, in diesem Garten.

»Bei ihr bin ich ...«, beginnt Leila.

In diesem Moment geht die Tür auf. Frau Martens kommt herein, hinter ihr eine Frau mit genauso dunklen Haaren wie Leila und dann Jette mit Leilas Schultasche.

»Hier ist Ihre Tochter«, sagt Frau Martens, doch da hat die Frau mit den dunklen Haaren Leila auch schon im Arm.

LEILA

Leila schmiegt sich an ihre Mutter. Für diesen winzigen Moment ist fast alles wieder gut. Da ist diese Wärme, der Geruch ihrer Haare und ihrer Strickjacke.

»Sie finden den Weg hinaus?«, hört sie Frau Martens fragen. »Oder brauchen Sie noch Hilfe?«

»*Shukraan lak*, danke«, sagt Aischa und schüttelt den Kopf. Sie nimmt die Jacke ihrer Tochter und hängt sie ihr über die Schultern.

Der Junge legt noch einen buntverpackten Riegel auf die Krankenliege, dann schiebt Frau Martens ihn und Jette vor sich her aus dem Raum.

Leila schlüpft in die Ärmel ihrer Jacke und steckt beide Hände in die Taschen. Dann hektisch in die Hosentaschen. Leer! Nichts! Sie rutscht von der Krankenliege und klopft im Stehen die Vorderseite der Jacke ab, greift nochmals in die Hosentaschen. Keine Nuss! Nirgends.

Ihre Mutter sieht sie fragend an.

»Großmutters Nuss!«, sagt Leila verzweifelt.

»Ach, Liebes. Die liegt sicherlich zu Hause neben deinem Bett«, sagt ihre Mutter, geht zur Tür und nimmt Leilas Schultasche, die Jette dort abgestellt hat.

Leila rührt sich nicht. Fast unmerklich schüttelt sie den Kopf. »Nein«, sagt sie leise. »Mutter, ich hatte sie ganz sicher heute Morgen in der Hosentasche! Vielleicht ist sie hier irgendwo.« Suchend schweift ihr Blick durch das Krankenzimmer und bleibt dann an dem buntverpackten Riegel hängen. Zögernd greift sie danach.

»Komm, Leila«, sagt Aischa ungeduldig. »Zu Hause legst du dich aufs Sofa. Und heute Abend guckst du in deinem Zimmer. Dort wirst du sie finden. Ganz sicher.« Sie fasst Leila am Arm, muss sie ein wenig ziehen, und dann verlassen sie zusammen das Krankenzimmer.

Leila ist noch immer schummerig. Erst als sie aus dem Schulgebäude raus sind, wird es an der frischen Luft langsam besser. »Vielleicht ist sie ja auch in der Schultasche«, murmelt sie vor sich hin, reißt dann das bunte Papier von diesem Riegel auf und beißt ab.

Zurück in der Wohnung fügt sich Leila widerwillig der Anordnung ihrer Mutter. Diese stellt die Schultasche in Leilas

Zimmer, und Leila muss sich auf das Sofa im Wohnzimmer legen. Dort liegt sie nun und starrt wieder an die Decke.

Die ganze Zeit kann sie nur an die Walnuss denken. Vielleicht ist sie tatsächlich einfach in die Schultasche gerutscht? Oder Mutter hat doch recht, und die Nuss liegt noch irgendwo in ihrem Zimmer? Daran hält Leila sich fest, denn allein der Gedanke, sie könnte wirklich weg sein, also richtig weg, macht ihr ein Gefühl wie vorhin in der Pausenhalle: schwarz vor Augen und Gummibeine, die einen nicht mehr tragen wollen.

Inzwischen sind auch Leilas Brüder nach Hause gekommen, und aus der Küche dringen Gesprächsfetzen herüber.

»Mutter, es gibt einen Basar, so einen Festbasar. An irgendeinem der nächsten Samstage, in der Schule.« Ferhad scheint begeistert. »Und wir dürfen mitmachen!«

»Was dürft ihr denn machen?«, fragt Aischa. Ihre Stimme klingt unsicher. »Ich auch?«

»Ja«, sagt Alan sehr bestimmt. »Eltern müssen auch kommen.«

Für einen Moment ist es still.

»Es gibt dort dann ein Café.« Ferhad macht eine Pause. »Jeder muss dafür etwas mitbringen, was dort verkauft wird.«

»Nicht jeder«, fährt Alan dazwischen. »Man kann, aber man muss nicht!«

»Doch! Jeder muss!«, antwortet Ferhad ungewohnt energisch. »In meiner Klasse muss jeder! Und, Mama, ich habe gesagt, ich … ich mache Baklava.«

Leila hört ihre Mutter seufzen.

»Mutter, die kennen Baklava gar nicht. Und mein Lehrer fand das richtig toll.«

Ein Stuhl knarrt.

»Mutter, bitte. Nur für den Basar«, fleht Ferhad, »bitte!«

Alan kommt zu Leila ins Wohnzimmer. Er setzt sich in den Sessel, schaltet den kleinen Fernseher ein und schaut sie gar nicht an. Kurz darauf erscheint Ferhad. Er setzt sich zu Leilas Füßen auf das Sofa und sagt ebenfalls kein Wort.

Dann betritt Aischa das Wohnzimmer. »Ich gehe zum Rathaus. Ich habe Hassan versprochen, etwas zu fragen.« Sie nickt Alan und Ferhad zu. »Ihr achtet bitte darauf, dass Leila heute Ruhe hat. Und der Fernseher wird ausgemacht!«, sagt sie mit drohendem Unterton und wendet sich zum Gehen.

Als die Wohnungstür ins Schloss fällt, springt Ferhad plötzlich auf, hechtet hinaus, hinter seiner Mutter her, und man hört die beiden im Treppenhaus miteinander sprechen. Schließlich sagt Aischa laut und deutlich: »*Ya 'iilhi.* In Gottes Namen, ja!«.

Mit einem breiten Grinsen im Gesicht kommt Ferhad zurück. »Wir dürfen, Alan! Los, komm!«, sagt er und geht in die Küche. Alan stöhnt auf. »Du bleibst aber hier liegen, klar?«, weist er Leila an. Dann schaltet er den Fernseher aus und folgt Ferhad.

Zuerst bleibt Leila noch liegen. So lange, bis das Geklapper und Gestreite in der Küche laut genug geworden ist und sie sicher sein kann, dass ihre Brüder den Auftrag ihrer Mutter vergessen haben.

Dann huscht sie leise in ihr Zimmer und zieht die Tür hinter sich zu.

Systematisch läuft ihr Blick von links nach rechts durch den Raum. Tisch, Stuhl, Sessel, Kommode, Bett. Sie bückt sich und sucht den Fußboden ab. Keine Nuss!

Mit den Händen fühlt sie in den Ritzen des Sessels, schiebt die hellgelben Vorhängen vor und zurück, hebt die Bettdecke und das Kopfkissen hoch, schüttelt es aus. Keine Nuss!

Leila spürt, wie ihr die Tränen aufsteigen. Sie greift nach ihrer Schultasche, nimmt das Etui heraus, guckt hinein, dreht dann die Tasche um, schüttet sie aus, viel zu heftig. Ihr Pausenbrot fliegt bis unters Bett. Sie dreht alles um, alles, auch die Dinge, unter die gar keine Nuss passt, legt sich auf den Bauch, schaut noch einmal über den ganzen Fußboden, schüttelt noch einmal kräftig die Bettdecke und das Kopfkissen, fühlt rund um die Matratze, hebt sie an allen Ecken hoch. Keine Nuss! Keine Nuss! Keine Nuss!

Mittlerweile laufen ihr Tränen über die Wangen. Sie schaut auf die Zeichnungen über der Kommode, dann drückt sie sich ihr Kissen vors Gesicht. Ihre Brüder sollen sie nicht hören. Niemand soll sie hören.

Wie lange sie dort so sitzt, weiß sie nicht. Irgendwann riecht es angebrannt, Alans Stimme ist laut und deutlich zu hören. Dann geht die Wohnungstür auf, und Aischas Stimme ist noch viel lauter und viel deutlicher zu hören. Oben durch den Türspalt dringt dünn Rauch herein, und in der Küche werden Fenster aufgerissen.

Leila schaut sich um. Ihre Bettdecke liegt auf dem Boden. Daneben die Stifte, der Block, das Wörterbuch, und die ausgeleerte Schultasche wie ein ausgewrungenes Handtuch daneben. Nur keine Nuss! Nirgends.

So sitzt sie da noch eine Weile, ganz still. Und dabei vermischt sich ihr Kummer mit dem Geruch verbrannter Baklava, dem immer wieder aufbrausenden Gezeter ihrer Mutter und mit Alans und Ferhads Verteidigungsversuchen.

»Hier«, sagt Aischa beim Frühstück und reicht Leila zwei Papiertütchen mit mehreren Mamoul darin. »Die gibst du den beiden Kindern aus deiner Klasse, die dir gestern geholfen haben.«

Leila bekommt große Augen. »Mutter, nein!«, protestiert sie.

Aischa nickt ihr zu, mit dem strengen Blick, der eigentlich keine Wiederrede erlaubt.

»Mutter«, jammert Leila. »Dem Mädchen, ja.« Sie macht eine Pause und sieht ihre Mutter eindringlich an. »Aber nicht dem Jungen! Den kenne ich doch gar nicht.«

»Hat er dir geholfen?«, fragt ihre Mutter und zieht die Augenbrauen hoch. »Also bedank dich!«

Leila senkt den Blick. Auf gar keinen Fall will sie diesen Jungen ansprechen. Schon gar nicht, nachdem er sie Freitag auf dem Fußboden hat liegen sehen. Und dann hat sie ihm auch noch von Großmutter erzählt.

»Mutter!«, jammert Leila und stützt den Kopf in die Hände.

»Du kannst ihm stattdessen auch ein paar Baklavas mitbringen«, sagt Alan großzügig. »Geschenk des Hauses, sozusagen.«

Ferhad grinst, und die zwei klatschen sich ab. »Super, unser erster Kunde. Damit wirst du offiziell Mitarbeiterin. Na?«, schlägt Alan vor und nickt seiner kleinen Schwester zu.

»Eure angebrannten Baklava könnt ihr mal selbst verschenken.« Mit einem heftigen Ruck schiebt Leila ihren Stuhl vom Tisch. Die spinnen doch! »Die biete ich garantiert niemandem an«, sagt sie.

»Na hör mal«, sagt Ferhad. »So schlimm sind die nun auch nicht.«

Alan schaut ihn skeptisch von der Seite an.

»Wobei«, fügt Alan hinzu, »ich glaube nicht, dass die Mutter von diesem Jungen ihm etwas für Leila mitgeben würde, wenn er umgekippt wäre.«

»Er ist ja gar nicht umgekippt!«, stößt Leila hervor.

»Ja, und du kannst keine Erste Hilfe«, sagt Ferhad und zuckt mit den Schultern. »Also, warum sollte sie ihm auch etwas für dich mitgeben?«

»Stimmt.« Alan nickt und zeigt auf die Papiertütchen. »Ich glaube, das ist übertrieben. Die Mutter von dem deutschen Jungen würde das auch nicht machen.«

Aischa saugt hörbar Luft ein. Ohne ein Wort steht sie auf, schüttelt den Kopf und beginnt den Tisch abzuräumen.

Alan und Ferhad diskutieren darüber, ob sie nicht vielleicht Baklava-Verpackungen mit »Danke!« und »Verzeihung!« bedrucken lassen sollten, am besten auf Deutsch, Arabisch und Englisch.

Schließlich legt ihre Mutter Leila den Arm um die Schulter. Sie taxiert Alan und Ferhad so lange, bis sie verstummen. »Es reicht!«, sagt sie. »Ich bin eine syrische Mutter. Und Leila wird sich bedanken. Mit diesen Mamoul. Bei dem Mädchen UND bei dem Jungen!« Und damit drückt sie Leila die Tütchen in die Hand.

Leila seufzt ergeben. Wenn Mama es bestimmt, gibt es kein Entkommen. Sie packt die Papiertütchen sorgsam in eine Ecke ihrer Schultasche.

Mit Jette geht es ganz leicht. Sie kommt gleich nach Leila in den Klassenraum.

»Für dich«, sagt Leila und schiebt Jette das Tütchen auf ihre Tischhälfte.

»Oh!« Jette strahlt. »Was ist das?« Sie öffnet es und schnuppert.

»Mamoul«, sagt Leila. »Mein Vater backt die eigentlich selbst. Aber diese sind auch ganz gut. Sie sind aus einem Laden in Hannover.«

»Ist dein Vater Bäcker?«, fragt Jette, stellt den Ranzen unter den Tisch und holt ihre Stifte heraus.

»Ja.« Leila stockt. »Er … er hat eine Bäckerei in Damaskus. Hatte … Er ist … er ist noch … Heute Abend skypen wir.«

Jette nickt. Es scheint für einen kleinen Moment, als ob sie nicht wüsste, was sie jetzt sagen soll.

Schnell fragt Leila: »Was ist denn dein Vater von Beruf?«

»Mein Vater ist Musiker. Er spielt Cello im Orchester vom Radio.« Jette zieht die Augenbrauen hoch und lächelt. »Und er hat ne Menge verrückter Ideen. Backen kann er zwar gar nicht, aber er will jetzt so etwas wie ein Café aufmachen. Mit Musik und so.«

Es klingelt. Hinter ihnen schmeißt dieser Junge mit lautem Knall seine Schultasche auf den Tisch. »Ich war schneller!«, ruft er zu einem anderen hinüber, der gerade noch vor Frau Martens in den Raum schlüpft.

»Magst du heute mit zu den anderen kommen?«, fragt Jette in der Pause.

»Mmm, nein. Nicht so gerne. Ich muss noch nach etwas schauen …«, stammelt Leila und versucht ein Lächeln. Sie muss doch ihre Nuss suchen!

»Kann ich dir helfen?«, fragt Jette.

»Nein, nein«, beeilt sich Leila zu antworten. »Es ist nur …«

»Okay.« Jette wirkt zwar etwas enttäuscht, aber sie lächelt.

»Vielleicht morgen«, sagt Leila leise, doch Jette hört sie schon nicht mehr.

Leila geht langsam an den Bänken in der Pausenhalle entlang. In den Ecken schiebt sie vorsichtig die Vorhänge zur Seite und schlendert, mit dem Blick auf den Fliesen, bis vor die Krankenzimmertür. Sie sieht sich um. Niemand scheint sie zu bemerken. Sie legt die Hand auf die Klinke, drückt sie vorsichtig hinunter und zieht.

Verschlossen!

Ob sie fragt? Frau Martens vielleicht? Sie habe etwas verloren, und vielleicht sei es hier drin? Ob Frau Martens dann womöglich fragt, was sie verloren habe?

Leila schluckt. »Meine Walnuss«, würde sie dann vielleicht antworten müssen, und sofort spürt sie, wie ihr die Tränen kommen.

Sie dreht sich um und trifft den Blick dieses Jungen, der hinter ihr sitzt. Er steht am anderen Ende des Ganges und guckt zu ihr herüber.

Leila macht auf dem Absatz kehrt und läuft hinaus auf den Schulhof.

Am Abend sitzen Leila, Alan und Ferhad mit ihrer Mutter auf dem Sofa. Auf dem Tisch lehnt das Smartphone an einer dicken Kerze. Alle vier fixieren den kleinen Bildschirm.

Heute kommen sie durch. Kurz haben sie Vater auch schon gesehen. Nun knirscht und knackt es. Dann erscheint wieder nur Vaters lachendes Gesicht: Der Teilnehmer ist nicht erreichbar, Anruf fehlgeschlagen.

»Mutter, versuch's noch mal!«, drängt Alan.

Leila starrt auf das lachende Gesicht.

Aischa wählt erneut. Wieder taucht Hassan auf. Es ist zu dunkel um ihn herum, als dass man ihn wirklich erkennen könnte. »Aischa!«, ruft er. »Aischa, wie geht es euch?«

»Gut, gut«, beteuert Aischa. »Wie geht es deiner Mutter?«

Es knirscht und knackt, die Stimme hallt blechern aus dem Smartphone. Der Bildschirm wird schwarz. Dann taucht das lachende Foto wieder auf: Der Teilnehmer ist nicht erreichbar, Anruf fehlgeschlagen.

Aischa schlägt die Hände vors Gesicht. Alan legt einen Arm um sie. Leila lehnt sich an ihre Mutter. Nur Ferhads Blick hängt noch immer am Bildschirm.

»Mutter«, sagt Alan. »Sie kommen bestimmt bald.«

Aischa nickt, und Leila wünscht sich, sie könnte ihrem Bruder glauben.

Schließlich schickt ihre Mutter sie alle zu Bett.

Wie schon die letzten drei Abende knipst Leila nach dem Gutenachtsagen noch einmal das kleine Licht am Bett an.

Zuerst sucht sie den Fußboden ab, dann fasst sie in die Ritzen des Sessels und fühlt in jeder Tasche ihrer zusammengelegten Kleidung. Dann guckt sie auf der Fensterbank nach und schließlich in ihrem Bett. Alles sehr gründlich. Als könne sie vorvorgestern, vorgestern oder gestern doch etwas übersehen haben.

Zum Schluss leert sie die Schultasche aus. Langsam nimmt sie das Stifteetui, den Block, das Wörterbuch, zwei Hefte, das Biologie- und das Mathebuch heraus. Und dann noch das Tütchen mit den Mamoul für den Jungen.

Keine Nuss. Tränen kommen heute schon keine mehr.

Schließlich seufzt sie. Bevor ihre Mutter es merkt, muss sie diese Mamoul noch dem Jungen geben.

Mitten in der Nacht schreckt Leila hoch. Durch die hellen Vorhänge dringt das Licht der Straßenlaterne ins Zimmer. Sie kann fast alle ihre Zeichnungen über der Kommode an der Wand erkennen. Und plötzlich vernimmt sie die Stimme ihres Vaters. Ganz leise.

Ist er hier?

Dann knistert und knackt es kaum hörbar, aber es ist seine Stimme! Leilas Herz schlägt heftig. Sie wirft ihre Bettdecke zur Seite, pirscht auf Zehenspitzen zur Tür, öffnet sie in Millimeterarbeit und horcht in den Flur. Auf dem Glaseinsatz der Wohnzimmertür liegt ein bläulicher Schimmer.

»Meine Mutter ist krank, sehr krank, Aischa. Ich kann hier jetzt nicht weg!« Die Stimme ihres Vaters klingt dringlich.

»Aber du musst. Kannst du nicht …?«

»Aischa, frag bitte wegen Kanada. Nimm irgendwie Kontakt zu meinem Cousin auf.«

»Aber wir haben hier jetzt eine Wohnung.«

»Aischa!«

»Leila und Ferhad und Alan gehen hier zu Schule. Es ist eine gute Schule. Und es ist eine schöne Wohnung. Wir haben unseren Antrag bestimmt bald durch. Das hat der Mann im Rathaus letzte Woche gesagt, Hassan.«

Dann knirscht und knackt es wieder.

»Hassan! Hassan, kommt bitte hierher! Nicht noch mal weiter. Die Kinder. Hassan! Ich habe … Hassan!«

Es kommt keine Antwort mehr. Der bläuliche Schimmer auf dem Glas der Tür wird heller.

Leila hört ihre Mutter schluchzen. Ihr Herz wird ganz eng. Doch hineinzugehen wagt sie nicht. So schleicht sie zurück und zieht ihre Tür lautlos wieder hinter sich zu. Dann legt sie sich ins Bett.

»Kanada«, murmelt sie. »Vater will nach Kanada.« Noch lange wälzt sie sich hin und her, bis sie irgendwann endlich einschläft.

Es klingelt zum Ende der Stunde. Der letzten Stunde für diesen Dienstag. Herr Grützner versucht noch vergeblich, mit einer Erklärung zu den Mathehausaufgaben durchzudringen, während bereits alle lärmend ihre Sachen zusammenpacken.

Mitten in diesem Tumult bleibt Leila still auf ihrem Platz sitzen. Den Blick fest auf die Tafel gerichtet, rührt sie sich nicht vom Fleck.

»Tschüss«, sagt Jette. Sie lächelt, schiebt leiser noch ein »Bis morgen« hinterher und quetscht sich hinter Leilas Stuhl vorbei Richtung Tür.

»Tschüss«, flüstert Leila und schaut ihr nach. Gerne wäre sie heute und in den letzten Tagen netter zu Jette gewesen, aber es ging irgendwie nicht.

Wegen des Telefonats gestern Nacht, wegen Großmutters Nuss, die verschwunden bleibt, und wegen – sie guckt in ihre Schultasche – diesem Papiertütchen.

Es liegt noch immer darin. Genauso wie gestern, genauso wie heute in der ersten und in der zweiten großen Pause.

Und wenn sie nun einfach geht? Es draußen in den Mülleimer wirft, selber isst oder heimlich an die Vögel verfüttert?

Doch dann holt Leila tief Luft, greift nach dem Tütchen und dreht sich herum. »Hier, für dich«, sagt sie und legt es auf den Tisch hinter sich.

Der Junge schaut auf. Verwundert guckt er auf das Tütchen, als wäre es gerade von einem anderen Stern direkt vor ihm gelandet.

»Ähm. Ja, danke«, stammelt er, starrt Leila an und schiebt dabei, ohne es zu merken, mit der Schultasche sein Mäppchen vom Tisch. Alle Stifte verteilen sich klackernd auf dem Boden.

»Och nee!«, stöhnt er auf und bückt sich.

Unschlüssig schaut Leila ihm dabei zu. Dann hebt sie zögernd einen Stift vor ihren Füßen auf und legt ihn neben das Papiertütchen.

Sie will hier raus. So schnell wie möglich. Und so bewegt sie sich unauffällig Richtung Klassentür. Sie geht um die Tische herum und muss dann doch stehen bleiben, weil der Junge auch hier, im Gang zur Tür, seine Stifte zusammensammelt.

Sie beißt sich auf die Unterlippe. Es ist ihr unangenehm, sich an ihm vorbeizudrängen.

Mit den letzten drei Stiften in der Hand richtet er sich schließlich auf, zuckt mit den Schultern und lächelt Leila unsicher an. »Was, ähm, was ist denn das?«, fragt er und zeigt auf das Tütchen.

Leila weicht einen Schritt zurück. »Meine Mutter wollte, dass ich dir das gebe«, antwortet sie und schiebt sich dann doch endlich an ihm vorbei. »Wegen Freitag. Ich soll mich bedanken«, sagt sie, als sie an der Tür angekommen ist.

»Ach so, nee. Kein Ding!« Er stopft sein wieder gefülltes Mäppchen in die Schultasche. »Ich bin doch bei der Jugendfeuerwehr. Erste Hilfe und so. Na ja, neulich, da hatten wir ...«

Leila ist schon draußen auf dem Flur, da hört sie ihn immer noch reden. Kurz vor der Pausenhalle hat der Junge sie schon wieder eingeholt. Er steckt sich einen Mamoul in den Mund und versucht, im Gehen seine Jacke anzuziehen.

»Ganz schön lecker«, sagt er und trabt neben Leila her. »Ist das aus Syrien?«

»Nein, aus einem Laden in Hannover«, antwortet Leila und geht noch etwas schneller. Der soll sie bloß in Ruhe lassen!

Der Junge hat Mühe, mit ihr Schritt zu halten. Insbesondere, weil er sich dabei gerade in seinem Jackenärmel und dem Riemen der Schultasche verheddert.

»Stimmt, war ne blöde Frage«, murmelt er und grinst verlegen. Er stapft weiter neben ihr her, den Ärmel nun völlig verknotet.

»Ähm, wie lange bist du denn schon in Deutschland?«, fragt er jetzt, und es klingt so, als habe er sich diese Frage schon lange genau überlegt.

»Ein Jahr«, antwortet Leila und beobachtet ihn aus den Augenwinkeln. Warum geht er nicht einfach weg? Der kann ja nicht mal eine Jacke richtig anziehen.

»Und bist du gerne hier?«

Leila sieht den Jungen von der Seite aus schmalen Augen

prüfend an. Er steckt fest, richtig fest. Zwischen Jacke und Tasche, schimpft mit sich selbst und bleibt stehen, um erst mal die Schultasche auf dem Boden abzusetzen.

Zwei Schritte entfernt von ihm bleibt auch Leila stehen. Sie weiß nicht recht, was sie von diesem Jungen halten soll. Irgendwie ist er ja nett, aber eben auch ziemlich komisch.

»Ein bisschen vielleicht«, sagt sie schließlich und beobachtet, wie er sich erst aus dem Taschenriemen und dann aus dem Ärmel befreit.

»Ah! So ist es besser.« Er lächelt Leila an und steckt sich den letzten Mamoul in den Mund. Dann schlüpft er wieder in seine Jacke, und diesmal klappt es. Als er schließlich nach der Schultasche greift, fragt er: »Und was hast du gestern gesucht?«

Leila erstarrt. Hat er sie etwa beobachtet?

Der Junge zielt mit dem leeren, zusammengeknüllten Papiertütchen auf einen nahen Mülleimer. »Treffer!«, sagt er. Dann schaut er Leila an.

Ihr Gesichtsausdruck ist wie versteinert. Ihre Augen funkeln. »Du hast mich beobachtet?«, fragt sie.

»Ähm, na ja«, stammelt er. »Das, das war jetzt nicht zu übersehen.«

Ohne ein weiteres Wort dreht Leila sich um und lässt ihn stehen.

MAX

Max blickt ihr nach und runzelt die Stirn. »Was ist denn jetzt los?«, fragt er sich und schüttelt den Kopf. »Ich habe doch nur gefragt, was sie gesucht hat! *Sie* ist doch in den Pausen so komisch durch die Schule gelaufen und hat hinter alle Bänke und unter alle Vorhänge geguckt.«

»He, warte mal!«, ruft er Leila hinterher und wundert sich im gleichen Moment über sich selbst. »Ich kann dir auch helfen, beim Suchen. Wenn du willst.«

Und zu seiner noch größeren Verwunderung bleibt Leila plötzlich stehen.

Sie dreht sich um und wischt sich mit dem Ärmel über die Augen, die ziemlich rot aussehen. Dann greift sie nach ihrem Zopf, legt ihn über ihre Schulter und umfasst ihn, als wolle sie sich daran festhalten.

»Du, ähm, wirklich«, setzt Max nach und muss schon wieder diesen Zopf angucken. »Ich kenn mich hier aus.«

Leila presst die Lippen aufeinander und starrt auf die grauglänzenden Fußbodenfliesen. Dann hebt sie ganz langsam den Kopf.

»Ist es denn was Wichtiges? Oder irgendwas Wertvolles oder so?«, rutscht es Max heraus, obwohl er deutlich spürt, dass es klug wäre, einfach den Mund zu halten.

»Meine Nuss«, sagt Leila leise und schluckt.

Jetzt erkennt Max, dass sie Tränen in den Augen hat.

»Ich habe meine Walnuss verloren. Du kannst mir nicht helfen. Keiner kann das.« Dann dreht sie sich um, drückt sich gegen die schwere Tür des Haupteingangs und rennt davon, ohne sich noch einmal umzudrehen.

Also wirklich eine Nuss? Max schaut ihr nach. Der Zopf hüpft beim Laufen auf und ab. *Was kann denn an einer Nuss so besonders sein, dass sie deswegen heulen muss?*

Als er wenig später vom Schulhof radelt, entdeckt er Leila vorne an der Hauptstraße, nahe der Fußgängerampel. Er zögert. Dann fährt er langsam an ihre Seite.

»Wohnst du im Neubaugebiet?«, fragt er, als er neben Leila angekommen ist.

Leila zuckt zusammen. Kurz schaut sie auf und seufzt: »Wir sind neulich eingezogen. Es ist eine richtige Wohnung.«

»Ah … so«, sagt Max und versteht nicht. Was wäre denn eine nicht-richtige Wohnung? Doch bevor er wieder etwas Blödes fragt, redet er lieber weiter. Und so stellt er fest: »Morgen helfe ich dir auf jeden Fall. Das Ding wird sich schon irgendwo finden lassen. Unsere Schule ist zwar groß, aber … Ach, das klappt sicher.«

Leila reagiert nicht.

An der Fußgängerampel angekommen, drückt sie auf den Knopf und sieht hinüber zur anderen Straßenseite.

Max hält neben ihr an. »Heute backe ich übrigens mit meiner Oma«, sagt er. »Lebkuchen. Für den Adventsbasar.« Er schaut sie von der Seite an. »Kommst du da auch hin? Mit deiner Familie?«

»Weiß nicht«, antwortet Leila und blickt angespannt auf das Ampelmännchen, das gerade von Rot auf Grün springt.

»Na ja, dann sehen wir uns ja morgen!«, ruft Max hinter ihr her. »Ich heiße übrigens Max.« Und leiser, wie zu sich selbst, fügt er hinzu: »Und, und du kannst mich auch mal besuchen, wenn …« Langsam fährt er los, schaut sich noch einmal um und sieht, wie Leila die Straße überquert mit diesem Zopf, der jetzt ganz still mitten auf ihrem Rücken liegt.

»Leila mit dem Zopf«, murmelt er. »Und ohne Walnuss.«

LEILA

Erleichtert geht Leila über die Straße. Sie hatte schon befürchtet, dieser Junge würde auch noch hier entlangfahren. Auf der anderen Straßenseite angekommen dreht sie sich noch einmal um. Ganz kurz. Nur sicherheitshalber.

Gerade biegt der Junge um die Ecke, und jetzt, wo er weg ist, fühlt sich das auch komisch an. Ob er es ernst meint, mit dem Helfen? Dieser Max, oder wie er heißt. Es macht ihr ein vermischtes, aber irgendwie auch gutes Gefühl. Und das, obwohl er »Ding« gesagt hat! Als ob Großmutters Walnuss ein »Ding« wäre! Leila schüttelt den Kopf.

MAX

Am Nachmittag geht Max zu Oma Gertrud hinüber. »Hallo, Oma!«, ruft er und tritt ein.

Ihre Haustür ist offen, wie immer. Sein Vater schimpft darüber: Irgendwann würde alles geklaut und Oma Gertrud gleich mit. Oma lacht dann. »Eine offene Tür ist wie ein offenes Herz«, sagt sie dazu und kümmert sich nicht um die Sorge ihres Sohns. Wenn der daraufhin nur den Kopf schüttelt und »Genauso eigensinnig wie deine Schafe« murmelt, erwidert Oma lachend: »Pommernblut eben!«

Was dieses »Pommern« eigentlich genau ist, hat Max noch nie verstanden. Es klingt nach Wurst, findet er. Oder Schnaps. Auf jeden Fall ist es aber etwas, auf das Oma sehr stolz ist.

»Komm rein!«, ruft Oma gut gelaunt aus der Küche. »Los! Ich brauche deine Hilfe.«

»Jawohl!«, sagt Max und schiebt seine Pulloverärmel hoch.

Auf dem Küchentisch stehen die Küchenwaage, Mehl und Zucker, ein Glas Honig, Backpulver, zwei Gewürzdöschen und eine Packung Eier.

Auf den Döschen steht »Nelken« und »Zimt«, aber als Max daran schnuppert, riechen sie eindeutig nach Weihnachten. Mitten auf dem Tisch liegt eine Klarsichthülle. Darin steckt Omas Lebkuchenrezept: ein gelblicher Zettel mit scharfen Knickfalten und ausgefransten Ecken, beschrieben mit einer seltsam schwungvollen Handschrift, die Max beim besten Willen nicht entziffern kann.

»Letzte Woche hatte ich wirklich einen richtigen Notfall«, erzählt Max, während er die aufgekochte Honig-Zucker-Butter-Masse zum Abkühlen umrührt. »Das neue syrische Mädchen ist in der Pause umgekippt.«

»Oh!« Oma schaut auf. »Wie ist denn das passiert?«

»Weiß nicht.« Max zuckt mit den Schultern. »Vielleicht ging es ihr einfach nicht gut.«

»Aber ihr seid freundlich zu ihr?«, will Oma wissen.

»Ja, klar! Was denkst du denn?«

»Hast du denn nun schon mit ihr geredet?«

»Na ja, ein bisschen.«

»Und hast du sie gefragt, ob sie mit uns Mensch-ärgere-dich-nicht oder Uno oder so spielen möchte?«

»Nein!«

»Hat sie denn eine Freundin in der Klasse?«

»Sie sitzt neben Jette Ahlberg.«

»Und? Ist das ihre Freundin?«

»Weiß ich nicht. Aber die ist nett.«

»Na dann«, sagt Oma und quirlt Eier in einer Schale.

»Aber ich habe Erste Hilfe geleistet. Und ich hab ihr den Müsliriegel geschenkt. Den von dir«, sagt Max.

»Na, da waren der Feuerwehrkurs und der Müsliriegel ja gleich mal für was gut.« Oma lacht. »Und heute ging es ihr wieder besser?«

»Ja, glaub schon. Jedenfalls war sie da«, sagt Max.

Dann rührt er eine ganze Zeit schweigend durch die cremige hellbraune Masse im Topf.

»Aber sie hat wohl etwas verloren. Das sucht sie nun in der Schule.« Max dreht sich zu seiner Oma, die dem gequirlten Eimus gerade die Gewürze hinzufügt. »Rate mal, was! Das rätst du nie!«

Oma blickt auf. »Na, du machst mich ja neugierig.«

»Eine Nuss!«, sagt Max. »Ist das nicht komisch? Sie sucht eine Walnuss.« Er schüttelt den Kopf. »Wieso, Oma, sucht jemand eine Walnuss? Da kann man sich doch auch einfach im Supermarkt eine neue kaufen.«

Oma nimmt Max den Topf ab und lässt die cremige braune Masse in die Eimasse laufen.

Es riecht wunderbar.

»Vielleicht ist genau diese Nuss eine Erinnerung an etwas

Wichtiges. Oder vielleicht ist sie ein Geschenk«, sagt Oma und greift nach der Tüte Mehl.

»Eine Nuss?« Fast hätte Max seiner Oma einen Vogel gezeigt. »Wer verschenkt denn eine Nuss als Erinnerung oder so was?«

»Na ja«, sagt Oma und zeigt auf das handgeschriebene Lebkuchenrezept mitten auf dem Tisch. »Weißt du, woher das kommt?«

Max sieht auf, Omas Stimme klingt verändert. Der Glanz in ihren Augen irritiert ihn. »Irgendwie aus ... ähm ... von deiner Mutter, oder?«, antwortet er.

Oma stellt die Mehltüte zur Seite und zieht das vergilbte alte Blatt sorgsam aus der Hülle. »Es ist von meiner Oma«, sagt sie und legt es andächtig direkt vor Max auf den Tisch.

»Also, von meiner ... Ur ... uroma«, rechnet Max nach und schaut auf die ausladende Handschrift. »Die hatte so eine schöne Schrift!?«

»Ja«, sagt Oma, »das ist Sütterlin, und deine Ururoma konnte nur Sütterlin. Sie hat das Rezept damals für meine Mutter, deine Uroma, aufgeschrieben. Es war ein Geschenk, ein besonderes Geschenk. Und doch könnte man denken, es sei nur ein Rezept.« Sie schaut zu Max. »Verstehst du, was ich meine?«

Max nickt, obwohl ... eigentlich versteht er gar nichts. Einen Zusammenhang zwischen diesem Rezept seiner Ururoma und Leilas Walnuss kann er beim besten Willen nicht

»Das Rezept war ein Geschenk, ein besonderes Geschenk.«

ausmachen. Außer, dass es vielleicht ebenso seltsam ist, ein Rezept zu verschenken. Aus welchem Anlass macht man denn so etwas? Zum Geburtstag? Zu Weihnachten?

Vorsichtig legt er den Zeigefinger auf eines der Worte und zieht den Schwung der Handschrift behutsam nach. »Warum hat deine Oma es denn aufgeschrieben und verschenkt? Ich meine, für deine Mutter? Hatte sie Geburtstag oder so?«

Oma presst die Lippen aufeinander. »Nein«, sagt sie dann. »Es war ein Abschiedsgeschenk.«

»Ach so.« Max nickt. So, wie Oma gerade schaut, muss es auf jeden Fall ein sehr trauriger Abschied gewesen sein. Max bemüht sich zu lächeln und ist froh, als Oma es erwidert.

Schließlich nimmt Oma das vergilbte alte Blatt und schiebt es zurück in die Hülle. Sie legt es mitten auf den Tisch. Sie wiegt das Mehl ab, und alles scheint wie immer. Oma lässt Max das Backpulver untermischen und hält ein Sieb über die Schale mit der duftenden hellbraunen Masse. »So, und jetzt bitte langsam hineingeben«, sagt sie.

Sorgsam schüttet Max das Mehl in das Sieb. Oma rührt mit einem Löffel hinterher, sodass es fein und leicht auf die hellbraune Masse schneit.

Genauso schneien auch gerade Omas Worte noch durch Max' Kopf. Allerdings ist es eher ein Schneegestöber, scheint ihm.

Als Oma beginnt, den Teig zu kneten, sieht Max auf.

»Glaubst du, diese Leila hat die Nuss auch von ihrer Oma bekommen?«, fragt er.

»Vielleicht«, antwortet Oma. »Auf jeden Fall scheint sie ihr sehr wichtig zu sein. Vielleicht ist diese Nuss auch so etwas wie ein Stück Heimat zum Mitnehmen.«

»Mmm«, murmelt Max, bemüht, den Sinn von Omas Worten zu begreifen. Und während er Omas Hände beim Teigkneten beobachtet, murmelt er leise vor sich hin: »Aber es bleibt immer noch eine Nuss. Einfach nur eine Nuss.«

Als Max am nächsten Morgen früher als sonst losradelt, nieselt es. Er winkt Oma zu, die am Küchenfenster steht, und zieht seine Kapuze tief ins Gesicht.

Den Weg zur Schule braucht er heute zum Denken. Oft kommen ihm die besten Einfälle auf dem Fahrrad. Glücklicherweise ist es heute auch so.

In der Schule angekommen beeilt er sich, in die Pausenhalle zu gelangen. Ungewohnt still und leer ist es hier. Nur die Frau mit dem Putzwägelchen, die manchmal morgens durch die Schule zieht, ist auch schon da. Alle paar Meter hält sie an, zieht den Wischmopp unter den Bänken an den Fenstern entlang und hebt hier und da etwas auf. Max holt Block und Bleistift aus der Schultasche und beginnt zu zeichnen. Es dauert nicht lange, dann kommen schon die ersten Buskinder. Max zuckt zusammen, als sich Frederik neben ihn setzt.

»Wieso bist du schon so früh hier?«, fragt Frederik und schaut auf Max' Zeichnung.

»Ach, ich konnte nicht schlafen und so irgendwie«, erwidert Max ausweichend und versucht unauffällig, den Arm über seinen Block zu schieben.

»Was malst du denn da?« Frederik zeigt auf die Zeichnung, die unter Max' Arm noch gut zu erkennen ist. »Soll das die Schule von oben sein?«

»Ja, vielleicht. Oder so was Ähnliches.« Max zuckt mit den Schultern.

»Wofür machst du denn das? Für Kunst?« Frederiks Augenbrauen schieben sich zusammen. »Hatten wir da was auf?«

»Nee«, murmelt Max und klappt den Block zu. »Mach ich nur so.«

»Aha.« Frederik schaut ihn verwundert an. Als Milan und Jorgis vorbeigehen, steht er auf. »Bis gleich«, sagt er und schlendert mit den beiden in Richtung Klassenraum.

Max sieht ihm nach. Was hätte er denn sagen sollen? Dass er einen Plan von der Schule zeichnet, um eine Walnuss zu finden? Dann denkt Frederik, er habe nicht mehr alle Schrauben im Kasten.

In diesem Moment betritt Leila mit ihren Brüdern die Pausenhalle. Hastig reißt Max die halbfertige Zeichnung aus dem Block heraus und steht auf. Nachdem Alan und Ferhad in die Richtungen ihrer eigenen Klassenräume verschwunden sind, greift er seine Schultasche und geht auf Leila zu.

Sie entdeckt ihn und bleibt sie stehen. Erfreut sieht sie nicht aus. Max beißt sich auf die Unterlippe. Doch dann geht er lächelnd auf sie zu und streckt ihr die Zeichnung entgegen. »Ich habe einen Plan gemacht«, sagt er. »Damit wir auch keine Ecke vergessen. Ich meine, ich kenne mich hier echt aus.« Er strahlt sie an.

Leila guckt auf den Zettel: von Hand gezogene, zum Teil krumme Linien und Kästchen, hier etwas durchgestrichen, anderswo etwas dick verbessert. Das alles auf einem karierten Blatt, das schief aus einem Block herausgerissen wurde.

Lange betrachtet sie Max' Plan. Schließlich nickt sie.

»Und, wie findest du ihn?«, fragt Max, als Leila aufblickt und sich zum Gehen wendet.

»Zeichnest du gerne?«, erwidert Leila, ohne auf seine Frage zu antworten.

»Na, geht so«, sagt Max. »In Kunst habe ich immer nur ne Drei.«

»Mmm«, murmelt Leila.

Schweigend gehen sie bis zu ihrem Klassenraum nebeneinanderher. Kurz vor der Tür hält Max es nicht mehr aus. »Aber wir suchen doch deine Walnuss in der Pause? Das war doch abgemacht, oder? Auf dem Plan können wir dann alles markieren und …«

»In Ordnung«, sagt Leila und fügt betont deutlich hinzu: »Du kannst mir helfen.« Sie schaut ihn an und sagt: »Meine Walnuss ist ziemlich klein.« Leila formt einen Kreis aus Daumen und Zeigefinger. »Sie hat dunkle Rillen, trotzdem ist sie glatt und glänzend.«

Dann geht sie in den Klassenraum und setzt sich, ohne sich noch einmal umzudrehen, auf ihren Platz. Max' Blick hängt an Leilas Zopf. Als er sich setzt, bemerkt er, dass Frederik ihn anschaut und dabei grinst.

»Kommst du mit raus, Torwart?« Jorgis tippt Max beim Pausenklingeln auf die Schulter. Gerade macht er sich mit Milan und Frederik auf den Weg zum Schulhof.

»Ich komme gleich nach«, sagt Max. Er spürt, dass er ein bisschen rot wird. Also bückt er sich schnell und tut so, als suchte er etwas in seiner Schultasche. Als er wieder auftaucht, dreht sich Frederik gerade noch einmal um. Er grinst schon wieder.

Schließlich ist nur noch Leila im Klassenraum. »Du, ähm, Leila? Wo wollen wir denn anfangen?« fragt Max und streicht auf seinem Tisch den Plan glatt.

Leila dreht sich um und wirft noch einmal einen Blick darauf. »Das kranke Zimmer fehlt.« Mit dem Finger zeigt sie auf den Plan und steht auf.

»Stimmt«, sagt Max. »Das habe ich voll vergessen.«

Eilig greift er den Block und einen Stift und folgt Leila

auf den Flur. Mit etwas Abstand geht er neben ihr her und zeichnet dabei mit Punkten ihren Weg in den Plan ein.

»Du denkst, du hast sie im Krankenzimmer verloren?«, fragt er, doch Leila reagiert nicht. »Gute Idee«, murmelt er und zeichnet weiter Punkte in den Plan.

Leila sagt kein Wort. Sie sieht nicht mal auf.

»Aber das Krankenzimmer ist immer zu!«

Jetzt endlich schaut sie ihn an. »Ich weiß. Ich war gestern schon da. Hast du einen Schlüssel?«, fragt sie.

»Nein! Den haben nur die Lehrer und Frau Kovac.«

Schweigend gehen sie nebeneinanderher, während Max weiter Punkte in den Plan zeichnet. *Wenn sie weiß, dass der Raum verschlossen ist, warum gehen wir dann hin?*, fragt er sich.

»Kannst du einen bekommen?« Leila stoppt vor dem Krankenzimmer.

»Wen? Einen Schlüssel?« Gerade zeichnet Max das fehlende Zimmerkästchen in den Plan. »Nein, also, vielleicht, ja, schon. Ich meine, bestimmt.« Er schaut Leila mit großen Augen an. »Jetzt sofort?«

»Ja. Aber vielleicht ist die Tür ja heute einfach offen«, sagt Leila und fasst beherzt auf die Klinke.

»Nee, die ist immer abgeschlossen«, wiederholt Max.

Unbeeindruckt drückt Leila die Klinke hinunter. Die Tür lässt sich tatsächlich öffnen! Max reißt die Augen auf. »Eigentlich, also, das dürfen wir eigentlich nicht …«

Doch weil Leila schon drin ist, schlüpft er flugs hinterher.

Es riecht noch immer nach abgestandener Luft, mit diesem Hauch vom Plastik der grünen Krankenliege. Max bleibt unschlüssig neben der Tür stehen und beobachtet Leila. Sie sucht den Fußboden ab, guckt hinter den Schrank, hebt den Kunststoffkoffer in der Ecke hoch und fährt mit der Hand über die Fensterbänke.

»Sie ist nicht hier«, sagt Leila schließlich leise und bleibt mit hängenden Schultern am Fenster stehen. »Sie ist einfach … weg.« Sie legt die Hände vors Gesicht.

»Nein, bestimmt finden wir sie noch.« Max geht einen Schritt auf sie zu. »Guck mal, wir waren doch nur hier.« Er legt den Plan auf die Liege und fährt mit dem Finger die Punktelinie entlang.

Doch Leila guckt nicht hin. Sie steht nur da und starrt aus dem Fenster. Verlegen streicht Max noch einmal über den Plan. Und endlich klingelt es zum Pausenende.

Auf dem Weg zur Klasse bleibt Leila zurück. Max guckt auf seinen Plan, schaut sich um, überlegt, ob und was er sagen könnte. Irgendetwas Tröstendes. Kurz vor dem Klassenzimmer dreht er sich um. »Was genau ist denn eigentlich mit dieser Nuss? Ich meine, hast du sie von irgendjemandem geschenkt bekommen oder so was?«

Jetzt endlich sieht Leila auf. Sie zögert. Es scheint, als ringe sie um die richtigen Worte. Dann platzt es aus ihr heraus: »Es ist eine Walnuss aus Syrien. Aus dem Garten meiner Großmutter. Alles ist darin, alles. Der Duft, das Zwitschern der Vögel, all seine Schönheit. Dort bin ich aufgewachsen. Bei meiner geliebten Großmutter Amina. Ich hatte diese Nuss bei mir, den ganzen Weg von Syrien nach Deutschland und das ganze letzte Jahr. Und jetzt ...« Leila verstummt und schaut auf ihre Füße. »... jetzt habe ich sie verloren«, flüstert sie.

Max starrt Leila an. Ein Abschiedsgeschenk, schießt es ihm durch den Kopf. Genauso wie das Rezept von Oma! Am liebsten würde er Leila in den Arm nehmen und trösten, doch das traut er sich nicht.

Am nächsten Morgen legt Leila Max einen sauber gefalteten Zettel auf den Tisch. Verwundert schaut er sie an. Dann faltet er den Zettel auseinander. »Boah!«, sagt er und zieht die Augenbrauen hoch. Beeindruckt betrachtet er ihren akkurat mit Lineal gezeichneten Plan der Schule.

»Was hast du denn in Kunst immer so gehabt?«

»9 bis 10 Punkte«, antwortet Leila.

»Und was bedeuten 10 Punkte?«

»Das Beste.« Sie lächelt.

Als Frau Martens hereinkommt, faltet Max den Zettel wieder zusammen und schiebt ihn vorsichtig in seinen Ranzen zwischen die Bücher.

Leila dreht sich nach vorn. Aus den Augenwinkeln bemerkt sie, dass einer der Jungen, mit denen Max immer Fußball spielt, neugierig herüberschaut.

»Ich hatte diese Nuss bei mir, den ganzen Weg von Syrien nach Deutschland.«

Ob Max ihr Geheimnis auch für sich behält? Und wo bleibt Jette eigentlich heute?

Frau Martens zeichnet eine Leiter an die Tafel und ein Strichmännchen, das gerade herunterfällt. »*Today, Jette is missing. Jette fell from a ladder.*«

Erschrocken schlägt sich Leila die Hand vor den Mund. Ein paar Jungen kichern. Streng schaut Frau Martens sie an.

»*Would you take the workingsheets for Jette, please?*«, fragt Frau Martens Leila, als sie die Arbeitszettel austeilt. »*She will come back tomorrow or on Monday.*«

»*Yes, of course.*« Leila nickt heftig. Natürlich nimmt sie die Zettel für Jette mit. Sie guckt auf den leeren Platz neben sich. Morgen oder erst Montag, hat Frau Martens gesagt. Leila vermisst Jette schon jetzt.

»Vielleicht hier?« Nach der letzten Stunde steht Max auf dem Schulhof vor der Bank, auf der Leila manchmal in der Pause sitzt, und streift mit einem langen Stock durch das Laub auf der Erde.

Leila bückt sich und guckt rund um die breiten Betonfüße der Bank. Aber auch hier liegt keine Nuss.

»Guck mal!«, ruft Max und zeigt in einen nahen Gully. »Guck mal, hier! Das sieht doch aus wie eine Walnuss.«

Leila stiert in das mit Blättern und einem bunten Schokopapier gefüllte dunkle Loch unterhalb des Deckels.

»Da!« Max zeigt in eine Ecke.

Und wirklich! Dort schimmert etwas hellbraun und rund aus dem Dunkel hervor. Großmutters Nuss? Ja, vielleicht! Leilas Herz macht einen Hüpfer.

»Und wie bekommen wir sie dort raus?«, fragt sie.

Max bückt sich und zerrt am Gullydeckel. Nichts bewegt sich. »Los, zieh mal mit«, presst er hervor.

Leila stellt sich auf die andere Seite und umfasst mit beiden Händen das kalte, sandige Metall.

»Los jetzt! Mit einem Ruck!« Der Gullydeckel wackelt ein bisschen. Das war's.

Max richtet sich auf. »Wie blöd!«, sagt er. »Der ist ganz schön schwer.« Dann schweift sein Blick über den Schulhof. »Warte mal!«, ruft er, läuft Richtung Fahrradhof und kommt mit drei langen Stöcken zurück.

Der erste Stock bricht ab, als er damit den Gullydeckel herauszuhebeln versucht. Der zweite auch.

»Vielleicht kann ich auch hineingreifen«, schlägt Leila vor und versucht ihre Hand zwischen den Stegen des Gullydeckels hindurchzuschieben. Doch die Stege stehen zu eng, und die Nuss liegt auch viel zu tief, als dass sie sie mit der Hand hätte erreichen können.

Mit dem dritten Stock bewegt sich der Gullydeckel endlich. Er rutscht so weit zur Seite, dass man hineingreifen kann. Ruck-zuck liegt Max auf dem Bauch. Sein ganzer Arm verschwindet im Loch, und Leila hält die Luft an.

Langsam zieht Max den Arm wieder heraus. Er steht auf

und hält Leila seine geöffnete Hand hin. »Eine Kastanie«, sagt er, und es klingt enttäuscht.

Leilas Herz hört auf zu hüpften. Schweigend schaut sie zu, wie Max die Kastanie ins Gebüsch pfeffert und dann seine Jacke abklopft.

Ohne ein Wort schieben und drücken sie gemeinsam den Gullydeckel zurück, der mit einem leisen Scheppern wieder an seinen Platz fällt.

»Danke trotzdem«, sagt Leila und greift nach ihrem Zopf.

Max zuckt mit den Schultern.

»Und wo jetzt noch?« Max sieht zerknirscht auf Leilas Plan. »Wir waren diese Woche doch schon überall.« Er hat den Plan auf seinem Fahrradsattel ausgebreitet. Er ist übersät mit Punktelinien, kreuz und quer durch das ganze Gebäude.

Leila betrachtet die Karte eingehend. Ja, sie waren tatsächlich überall. Nur Großmutters Nuss war nirgends. Sie blieb verschollen, untergetaucht, verschwunden, irgendwo an einem unbekannten Ort.

Manchmal hatten sie sich beim Suchen so gut unterhalten, dass Leila dabei vergaß, warum sie überhaupt durch die Schule liefen. Max hatte von Lintze erzählt, vom Bauernhof seiner Eltern und von der Feuerwehr, vom Martinsumzug und von seiner Oma Gertrud.

Auch sie selbst hatte erzählt. Aber nur wenig. Von der neuen Wohnung, von den Tagen im Erstaufnahmelager in

Friedland und dass »Apfel« ihr erstes deutsches Wort gewesen war. Und von den wundervollen Sonnenaufgängen in Italien.

Eine lange Punktelinie wäre das, würde sie sie von Damaskus bis Großbödecke zeichnen. Auch diese Linie wäre nicht gerade. Stattdessen geschwungen, verknotet und verschlungen, im Zickzack. Und es gäbe zwischendrin dicke Punkte, Dauerpunkte für lange Tage und Wochen, wartend, irgendwo an einem Ort, vielleicht verziert mit leuchtenden Sonnenaufgängen an blassblauen Himmeln.

Max streicht über den Plan, als dieser auf der unebenen Unterlage im Knick einreißt. »Oh«, entfährt es ihm. Dann grinst er. »Vielleicht ist sie dort hineingefallen, deine Nuss.«

»Wie das Boot«, murmelt Leila.

»Welches Boot?«, fragt Max verwundert.

»Das, das Boot … auf dem wir waren«, sagt Leila, und dann purzeln die Worte einfach aus ihr heraus. Deutsche Worte für eine Geschichte, die sie noch nie ganz erzählt hat.

»Wir waren alle auf einem Boot. Ein altes Boot. Elf Tage waren wir auf dem Meer. Wir hatten nichts mehr zu essen und auch kein sauberes Wasser. Irgendwann kam ein weißes Schiff. Wir haben gerufen, alle durcheinander. Und sie holten uns rüber. Leuchtende orange Westen haben wir bekommen in einem wackeligen kleinen Schlauchboot. Der Motor war laut. Dann über eine Treppe auf das große schöne Schiff. Wir alle.« Leila hält inne. »Und dann, dann gluckste es leise.

Ich habe mich umgedreht. Unser altes Boot hatte sich zur Seite geneigt. Es gluckste noch einmal. Und dann, ganz langsam, verschwand es. Einfach so. Verschluckt vom Meer. So, als wäre es nie dagewesen.«

Max grinst nicht mehr. Stattdessen schaut er mit großen Augen auf den Plan, durch dessen Riss gerade auch das Boot verschwunden zu sein scheint.

»Ähm, willst du vielleicht mal mit zu meiner Oma kommen?«, fragt er dann plötzlich, völlig unvermittelt. So, als müsse er das Thema wechseln, um nicht auch noch selbst in diesem Riss zu verschwinden. »Ich meine, sie hat schon ganz lange mal gesagt, ich soll, ähm, darf dich einladen. Zum Spielenachmittag oder so. Ich meine, nur, wenn du magst.«

Leila runzelt die Stirn. Wie kommt er denn jetzt auf so etwas? »Was ist denn ein Spielenachmittag?«, fragt sie.

»Ein Nachmittag mit Uno oder Mensch-ärgere-dich-nicht oder Malefiz, oder so. Kennst du die?«

Leila schüttelt den Kopf.

»Na, das sind so … Spiele eben.« Max sieht für einen Moment unschlüssig drein. »Egal. Was machst du denn morgen?«

Schulterzucken.

»Gut«, sagt Max. »Dann hole ich dich um eins mit dem Fahrrad ab, ja? Du kannst auf meinem Gepäckträger sitzen.« Er strahlt Leila an.

»Unser altes Boot hatte sich zur Seite geneigt und verschwand langsam im Meer.«

»Ist das deine Katze?« Leila zeigt auf die Getigerte, die auf Omas Fußabtreter sitzt und sie beide aufmerksam betrachtet.

»Nö«, sagt Max. »Die gehört einfach hierher, auf den Hof. Aber sie ist gerne bei meiner Oma.« Dann öffnet er die Tür, und die Katze huscht hinein. »Hallo, Oma, wir sind da!« Dabei kommt er Leila ein bisschen aufgeregt vor.

Im Haus riecht es nach Frischgebackenem und Äpfeln. An der Garderobe hängt eine knallbunte Wolljacke und an der Wand gegenüber viele Familienfotos. Durch eine geöffnete Tür kann man bis ins Wohnzimmer gucken. Alles hat eine seltsam vertraute Behaglichkeit.

Sie zieht wie Max die Schuhe aus und hängt ihre Jacke an die Garderobe, direkt neben diese Wolljacke, die sie jetzt verstohlen berührt. Wie weich sie ist! Und so bunt! So wie Großmutters Blumenbeet im Frühjahr.

»Hallo, ihr zwei.« Eine ältere Frau mit kurzen weißen Haaren kommt in den Flur. Sie lächelt Max an und streckt dann Leila die Hand entgegen. »Ich bin Max' Oma. Oma Gertrud. Und du musst Leila sein.«

Leila nickt und erwidert den Händedruck. »Ja«, sagt sie. »Danke für die Einladung.«

Danach ist alles leicht. So leicht und unbeschwert, dass Leila sich nicht erinnern kann, wann sie das letzte Mal an einem Tag so viel gelacht hat. Es gibt frischgebackenen Apfelkuchen, Uno und Mensch-ärgere-dich-nicht. Und wenn

Oma Gertruds und Leilas Blicke sich treffen, fühlt es sich so vertraut an, als kennen sie sich schon ewig.

»Eine tolle Oma hast du«, flüstert Leila, als Oma Gertrud kurz das Wohnzimmer verlässt, und Max strahlt.

»Das ist meine Werkstatt«, sagt Max, lehnt sein Fahrrad an den Schuppen und öffnet mit Schwung die grüngestrichene Holztür. Er dreht an einem Schalter an der Wand und die Lampe über der Tür glimmt auf.

Leilas Augen müssen sich einen Moment an das helle Licht gewöhnen. Es riecht staubig hier drin und nach altem Öl.

Der hintere Teil ist vollgestopft mit Möbeln, Regalen voller Maschinenteile, Holzstapeln, Drahtrollen und einem Anhänger. Weiter vorne, rechts, steht ein grober Holztisch mit vielen Schubladen. Auf ihm liegen Werkzeuge, viele kleine und große Teile aus Metall, winzige Glühbirnen und viele Schrauben. Daneben stehen, ordentlich aufgereiht, Fahrräder! Leila staunt.

»Wieso hast du vier, nein fünf Fahrräder?«, fragt sie. »Du fährst doch immer nur mit dem.« Sie zeigt auf das blaue vor der Tür.

»Ja klar. Das fährt ja auch«, sagt Max. »Dem hier fehlt noch der Sattel. Bei dem ist die Gangschaltung kaputt. Na ja, und das hier, das ist gerade fertig geworden.« Er zeigt auf das silberne Rad. »Kannst du eigentlich Rad fahren?«

»Ja, klar! Was denkst du denn?« Leila zieht die Augenbrauen hoch.

»Willst du das hier mal ausprobieren?«, fragt er und schiebt Leila das Rad entgegen. »Ich meine, wenn du willst, dann ... kannst du es haben.« Er zuckt wie beiläufig mit den Schultern, als sei ein Fahrrad zu verschenken etwas, das er jeden Tag tut.

»Ich? Du meinst, ich kann es haben?« Leila fühlt ein Kribbeln am ganzen Körper. »Ein Fahrrad? Ich meine, es ist ... Ehrlich?«

»Probier es doch auf dem Hof aus«, schlägt Max vor. Seine Augen leuchten, und erst jetzt bemerkt Leila, dass auch er sich freut.

Vorsichtig umfasst sie die Lenkergriffe. Wie weich die sind! Leila schiebt das Rad aus der Werkstatt und steigt auf. Es ist wackelig auf dem Kopfsteinpflaster, aber nur am Anfang. Schon die zweite Runde fühlt sich an, als wäre sie gestern das letzte Mal gefahren. Ganz leicht und flatterig ist ihr im Bauch. »Ehrlich?«, fragt sie noch einmal, als sie vor Max anhält. »Du meinst ehrlich, ich kann es haben?«

»Klar!« Max strahlt. »Ich fahre ja eh nur mit dem blauen.« Er grinst.

»Danke!«, sagt Leila. Fest schließen sich ihre Hände um die weichen Lenkergriffe. Vielleicht hätte sie Max sogar umarmt, einfach so, vor Freude, doch da hat er sich schon umgedreht und drückt die Tür zur Werkstatt zu.

»Ich begleite dich ein Stück«, sagt er und flitzt mit dem blauen an ihr vorbei, Richtung Hauptstraße. »Los, komm«, ruft er lachend über die Schulter, und Leila beeilt sich hinterherzukommen.

Am Ortsschild hält Max an. »Du schaffst das alleine, oder?«, fragt er und blickt in ein überglückliches Gesicht.

Leila nickt, und ihre Augen leuchten.

»Du musst nur der Straße folgen. Genauso, wie wir hierhergefahren sind.«

Leila fährt los, so schnell sie kann. Es ist wie fliegen. Wie frei sein. Ganz und gar. Sie lacht vor lauter Glücklichsein. Dann lässt sie das Rad rollen und dreht sich noch einmal um.

Max steht noch am Ortsschild und sieht ihr nach. Er winkt heftig und schreit: »Fahr vorsichtig!«

Am Nachmittag legt sie mit ihrer Mutter im Wohnzimmer Wäsche zusammen. Das heißt, eigentlich alleine, denn Aischa ist mehr in der Küche als im Wohnzimmer.

»Du musst es langsam erhitzen«, sagt sie und »Vorsichtig, dünn ausrollen!« oder »Klein hacken. Nur die Pistazien! Nicht deine Finger!«. So geht das die ganze Zeit.

Irgendwann kommt ihre Mutter zurück ins Wohnzimmer und mit ihr ein ganzer Schwall eines wunderbar süßlichen, nussigen Geruchs aus der Küche.

Ihre Blicke treffen sich, und plötzlich sausen die Erinnerungen ungebremst durch Leilas Kopf: Vater in der Bäckerei. Sein lautes Lachen. Das Klappern der Backbleche. Vaters Umarmung. Ihre Wange am warmen, karamellig-nussig duftenden Kittelbauch. Seine Hand um ihren Zopf.

Es ist, als würde es ihr gerade das Herz zerreißen.

Als sie am Abend jeder drei Baklavas von Ferhad serviert bekommen, zündet Aischa die Kerze auf dem Tisch an.

Sie lächelt. »Sehr, sehr gut«, sagt sie, und Ferhad strahlt mit der Kerze um die Wette.

»Die Bäckerei. Papas lautes Lachen und dieser wunderbare Duft …«

MAX

Am Montag hat Max die Idee, alle Mülleimer der Schule zu durchsuchen. Doch auch in ihnen findet sich keine Nuss.

»Die werden ja auch immer geleert.« Max überlegt kurz. »In den Container! Den großen. Auf dem Sportplatz!«

Nach Schulschluss klettern Max und Leila über das Tor auf den Sportplatz und laufen zum Container am hinteren Ende. Mühsam drücken sie ihn auf.

»Nichts!«, sagt Max. »Gar nichts.«

Leilas Blick hängt noch eine Weile in dem frisch geleerten Behälter fest. In den Ecken klebt Laub, auf dem rostigen Boden schlängeln sich zwei Plastikfäden wie vergessene Regenwürmer, sonst ist da nichts. Nicht ein einziges winziges Zeichen von Großmutters Nuss. Kein: »Such mich weiter! Ich war hier drin!« Hier ist einfach nur nichts.

Zusammen lassen sie den schweren Deckel wieder zurückgleiten. Leila lässt sich mit dem Rücken seitlich an diesem kalten rostigen Ding hinabrutschen, bis sie auf dem Pflaster sitzt. Sie fühlt sich plötzlich genauso leer wie dieser Container. Keine Nuss, nicht eine Spur oder ein Zeichen, nirgendwo. Einfach nur nichts!

Max setzt sich neben sie, und Leila weiß nicht, ob sie froh ist, dass er da ist, oder ob sie jetzt lieber ganz alleine wäre. Ihr ist zum Heulen zumute wegen dieses schrecklichen Nichts.

Ihr Kopf sinkt auf die Arme. »Ich darf nicht aufgeben, oder? Ich muss die Nuss doch wiederfinden«, sagt sie leise und schaut Max von der Seite an. »Großmutters Garten ist darin. Und der ist noch viel, viel größer als dieser winzige Sportplatz.«

Sie macht eine ausladende Handbewegung. Dann werden ihre Augen zu schmalen Schlitzen, und prüfend blickt sie Max an. Einen Moment hält sie inne, schließlich sagt sie: »Und weiß du, für mich ist es, als wohne meine Großmutter in dieser Nuss. Ehrlich. Und ich kann ihr alles erzählen. Alles.« Leila umfasst ihren Zopf. »Und Großmutter hilft mir. Weißt du, wie ich das mache?«

»Keine Ahnung.« Max zuckt mit den Schultern.

Leila steht auf. Am Rand des Pflasters findet sie einen kleinen rundlichen Stein. »Komm mit«, sagt sie und geht voraus zur Weitsprunggrube. Dort glättet sie mit der Hand den Sand und malt mit dem Finger drei handtellergroße, nebeneinanderliegende Kreise hinein.

»Links heißt Schule, in der Mitte heißt zu Hause und rechts heißt ganz woanders«, sagt sie und geht drei Schritte zurück.

Max steht dort, die Hände in den Hosentaschen, die Stirn kraus, aber er sagt kein Wort.

»Mit meiner Walnuss rede ich natürlich Arabisch«, erklärt Leila, öffnet die Faust und fragt den Stein: »Wo ist meine Walnuss?« Dann bückt sie sich und rollt den kleinen runden Stein in Richtung Weitsprunggrube.

Am Rand des linken Kreises bleibt er liegen.

Max schaut vom Stein zu Leila. »Aha«, sagt er, und es sieht so aus, als sei ihm ein Licht aufgegangen. »Dann ist sie also hier in der Schule. Aber wo? Wir haben doch schon überall geguckt?«

»Das war aber nur irgend so ein Stein. Das gilt nicht«, sagt Leila und schüttelt den Kopf.

»Ach so.« Max klingt verunsichert.

Leila sieht ihn an und zieht die Nase hoch. »Jetzt denkst du, ich spinne, oder?«

Etwas zu heftig schüttelt Max den Kopf. »Nein, warum denn? Ich rede doch auch mit meiner Oma und frage sie alles Mögliche. Das ist … normal.«

Er kramt nach einem Taschentuch, das er Leila anbieten könnte, doch er findet keins. Und weil er sich auch heute noch nicht traut, sie zu trösten, redet er einfach irgendwas, während sie nebeneinander über den Rasen zurück zum Ausgang des Sportplatzes gehen.

»Ich meine, du könntest deiner Großmutter ja auch schreiben. Eine Postkarte. Und sie bitten, dir eine neue Nuss zu schicken. Oder kommt da gerade keine Post an?« Er beißt sich auf die Unterlippe. »Oder wenn ihr skypt, dann fragst du sie, oder … oder deinen Vater, meine ich.« Max wird rot. Herrje, er weiß doch, dass Leila schon lange nicht mehr mit ihrer Großmutter gesprochen hat. Was redet er da? »Oder …«, fährt er fort, nur um es nicht noch schlimmer werden zu lassen. »Oder du fährst hin und … holst eine neue.« Er stockt. Was hat er da gesagt? »Ich meine, Quatsch, ähm, das ist natürlich teuer und viel zu gefährlich. Natürlich. Das war jetzt echt blöd von mir. Aber es wäre eigentlich eine Möglichkeit, ich meine …«

Er schaut hinunter auf seine Füße auf dem Sportplatzrasen, reibt die Hände an der Jeans entlang, und dann wagt er es. Endlich. Denn eigentlich will er es ihr schon ganz lange sagen.

Stockend, leise, fast wie zu sich selbst, beginnt er: »Weißt du, Leila, wenn du sie nicht mehr findest, dann, dann kannst du auch mich nehmen. Ich meine … als Nuss.« Und weil er spürt, dass er noch viel röter wird als vorher, stopft er seine Hände tief in die Hosentaschen. »Also, ich meine, du könntest mich … als Freund nehmen.« Er atmet aus.

Hochzuschauen wagt er nicht. »Ich kann zuhören, und helfen kann ich auch. Na ja, mit deiner Nuss hat das bis jetzt leider noch nicht so geklappt, aber eigentlich bin ich echt gut im Helfen.« Er nickt. »Nur Arabisch kann ich noch nicht, aber das ist ja nicht so schlimm, weil du prima Deutsch kannst.«

Er versucht ein Lächeln und schaut endlich zögernd auf. Er ist am Tor angekommen. Doch wo ist Leila?

Irritiert schaut Max sich um.

Da steht sie, mitten auf dem Sportplatz und sieht ihm nach. Dann lacht sie auf, läuft los und springt mit Schwung über das Tor. Als sie sich auf der anderen Seite zu ihm umdreht, strahlt sie über das ganze Gesicht.

Max wagt kaum zu atmen.

»Nach Syrien!«, sagt sie. »Das wäre ... das Schönste! Zurück zu Großmutter und eine neue Nuss holen.«

Max' Mund klappt auf.

Sie hat ihm gar nicht bis zu Ende zugehört! Sie ist stehen geblieben, als er ... Nein! Sein Lächeln verschwindet. Ganz langsam. Fast so wie ein Luftballon, der immer kleiner wird, wenn ihm die Luft entweicht.

LEILA

Warum nur ist sie nicht selbst auf diese Idee gekommen?

Leila steht in ihrem Zimmer und guckt auf die Zeichnungen an der Wand. Wie berauscht ist sie von diesem Wunsch, der jetzt ihr ganzes Herz erfüllt: Nach Syrien fahren. Eine neue Nuss holen. Aus Großmutters Garten. Und am besten Großmutter und Vater auch gleich mitbringen. Zurück kann ja nicht so schlimm sein wie hin … schlimm … damals in … als sie …

Nein, es geht nicht! Zurück geht nicht! Leila lässt sich rücklings auf ihr Bett fallen.

Aber es muss doch irgendeine Möglichkeit geben! Erinnerungen rasen heran. Wie aufbrausende Trommelwirbel dröhnen sie in ihrem Kopf. Wie ausgekippte Puzzleteile erscheinen sie vor ihrem inneren Auge und verschwinden sofort wieder: Das Gesicht des schlafenden Jungen auf einer Schulter, ihre Füße auf Kieselsteinen, der Kieferduft auf dem Waldweg, das blaue Straßenschild, viele Dörfer, kalte Füße, das Surren von Bomben in der Ferne, aufleuchtende Rücklichter.

Und dann sieht sie ihn: Viktor, so hieß er. Viktor hat Mutter aus dem LKW geholfen und sie selbst hinuntergehoben. Seine Hände auf ihren Hüften, ein glimmender Punkt, ganz nah, Zigarettenrauch, »Jetzt bist du endlich angekommen«, eine raue Stimme. Das hat er gesagt und gelächelt. Mutter hat sie an der Hand gepackt, weggezogen, und dann sind sie von diesem leeren, nackten Parkplatz am Rand der großen Stadt eine lange, genauso leere und nackte Straße entlanggelaufen. Alan, Ferhad, sie selbst und Mutter zwischen all den anderen. Alle hintereinanderher, Füße schlurfend, leises Atmen, Gehwegplatten mit Rillen, schweigend und unendlich müde.

Leila hat sich noch einmal umgeschaut. Viktor ist wieder eingestiegen, die Rücklichter des LKW leuchteten auf.

»Wo fährt er jetzt hin?«, hat sie ihre Mutter gefragt.

»Zurück«, war die Antwort.

Zurück! Diese Stadt hieß Passau, daran kann sich Leila erinnern. Ein Dauerpunkt. Den Parkplatz am Ende der langen nackten Straße, den würde sie wiederfinden. Bestimmt. Viktor würde kommen. Sicher. Irgendwann. Und wenn er sie nicht mit zurücknehmen würde, dann könnte sie ihn vielleicht bitten. Um eine neue Nuss. Um eine Nachricht an Großmutter. Er wird jemanden kennen, der jemanden kennt, der Vater kennt, denn Vater ist bekannt. Seine Bäckerei ist eine der besten in Damaskus. Viktor! Mit Schwung zieht Leila die oberste Schublade der Kommode auf.

Zehn Minuten später schiebt sie eine prallgefüllte Plastiktüte unter ihr Bett. Darin ist alles, was sie braucht. Kurz darauf dringt aus der Küche lautes Scheppern herüber.

»Alan!«, schreit Ferhad. »Wieso lässt du das fallen?«

»Weil ich mir nicht die Finger verbrennen will!«

Danach folgt längeres Gemurmel, und plötzlich steht Ferhad mit einem Teller voller zerdrückter Baklava in Leilas Zimmer.

»Sie sind eigentlich echt gut geworden.« Er lächelt zerknirscht. »Nur sehen sie nicht so schön aus wie Vaters. Probier mal.«

Zögernd nimmt sich Leila mit spitzen Fingern eine Baklava vom Teller. Sie schnuppert daran. »Aber sie riechen genau wie Vaters«, sagt sie, und Ferhad strahlt.

In diesem Moment betritt Aischa den Flur und öffnet die Küchentür. »Oh nein! Ferhad! Alan! Wie sieht es denn hier aus?«

Bevor sie weiterschimpfen kann, dreht Ferhad sich um und hält ihr den Teller unter die Nase. »Mutter, probier doch mal«, sagt er mit seiner allerweichsten Stimme. »Diese haben wir alleine gemacht.«

Aischa hält inne. Mit geschlossenen Augen schnuppert sie an den zerdrückten Baklavas. Sie lächelt. Und als sie die Augen wieder öffnet, entdeckt Leila auch in ihnen diese Sehnsucht nach Vater und der Bäckerei.

»Gute Nacht, Leila.« Ihre Mutter steckt den Kopf durch den Türspalt. »Was machst du denn da noch? Malst du schöne Baklavas?« Sie lächelt, tritt ein und setzt sich auf Leilas Bettkante. Sie schaut auf die Zeichnung: keine Baklavas. Es ist ein langer Weg. Einer, der sich über das ganze Blatt schlängelt. Menschen laufen darauf. In beiden Händen tragen sie Taschen, manche stattdessen einen kleineren Menschen auf dem Arm. Leila schiebt ihr Kissen darüber. »Wann kommen Vater und Großmutter denn endlich?« Verbissen schaut sie auf das Kissen. Irgendwie wird sie das Gefühl nicht los, dass etwas nicht stimmt.

»Bald«, sagt ihre Mutter. »Ganz bestimmt bald.« Sie lässt ihre Hand an Leilas Zopf entlanggleiten.

»Ist Großmutter denn endlich gesund?«

»Es ist ein bisschen besser. Ein bisschen«, wiederholt sie, wie zu sich selbst, und zieht Leila die Bettdecke über die Schultern.

Leila dreht sich auf die Seite und schaut ihre Mutter an. »Und was ist mit Kanada?«, fragt sie. Dann beißt sie sich auf die Unterlippe, denn Aischa hebt die Augenbrauen und wirkt plötzlich angespannt.

Es dauert einen Moment, bis sie die Hände in den Schoß sinken lässt und mit freundlicher Strenge feststellt: »Du hast gelauscht!«

Leila bohrt ihren Finger in die Ritze zwischen Matratze und Bett. Sie weiß nicht, was sie sagen soll. Es stimmt ja.

Schließlich seufzt ihre Mutter. »Vaters Cousin lebt in Vancouver. Das ist eine Stadt in Kanada. Er ist dort geboren. Vater hat versucht, mit ihm Kontakt aufzunehmen. Er sagt, wir könnten dorthin kommen. Sein Cousin würde sich um alles kümmern.« Sie schaut Leila an. »Aber hier haben wir jetzt eine Wohnung. Unser Antrag wird bald durch sein. Dann könnten wir bleiben. Wenn wir wollen. Du und Alan und Ferhad, ihr könnt schon Deutsch. Ich … ich …« Ihre Mutter zögert. Schließlich streicht sie über Leilas Bettdecke. »Geh zur Schule, Leila. Lerne fleißig. Hier ist es gut«, sagt sie. Dann steht sie auf. An der Tür dreht sie sich noch einmal um und lächelt. Ihre Augen glänzen.

»Mutter«, entfährt es Leila. »Fährt Viktor jeden Tag mit dem LKW hin und her?«

Aischa stutzt. »Welcher Viktor?«

»Der, der, wo wir ausgestiegen sind …«, stottert Leila. Sie spürt eine große Hitze am ganzen Körper.

»Woher weißt du seinen Namen?« Der Gesichtsausdruck und die Stimme ihrer Mutter sind wie ausgewechselt.

Verunsichert zuckt Leila mit den Schultern. »Ich, ich … weiß nicht. Ich …« Was ist plötzlich mit ihrer Mutter los?

»Zu niemandem niemals diesen Namen! Niemals! Vergiss ihn! Sofort! Gute Nacht!«, faucht Aischa, nickt knapp und zieht die Tür hinter sich zu.

Die ganze Nacht hat Leila nachgedacht. Sie hat kaum geschlafen. Hin und her hat sie sich gewälzt und überlegt. Die ganze Nacht.

Aber jetzt ist sie sich sicher: Sie muss diesen Viktor finden! Er wird ihr helfen! Egal, ob Mutter will, dass sie seinen Namen vergisst. Sie muss zu diesem Parkplatz in dieser Stadt und dort warten. So lange, bis der LKW wieder dort hält.

»Wo ist denn deine Schultasche?«, fragt ihre Mutter beim Frühstück, als sie Leila das Pausenbrot gibt.

»Ach, die steht noch in meinem Zimmer«, erwidert Leila betont beiläufig. So, als sei heute ein ganz normaler Tag, an dem sie zur Schule geht, wie immer.

In ihrem Zimmer holt Leila alle Bücher und Hefte aus der Schultasche und legt sie unter die Bettdecke. Dann zieht sie die Plastiktüte hervor und stopft sie stattdessen in die Tasche. Das Pausenbrot legt sie sorgsam obendrauf.

Dann bummelt sie ein bisschen, damit Alan und Ferhad schon losgehen. »Ich komme gleich nach!«, ruft sie ihnen zu, doch da klappt bereits die Haustür.

Als Leila noch einmal in die Küche schaut, räumt ihre Mutter gerade den Tisch ab. Leilas Herz pocht, heftig und viel zu laut. So laut, dass sie Angst hat, Aischa könne es hören. »Tschüss«, sagt sie schnell und flitzt dann durch das Treppenhaus, nimmt Stufe für Stufe im Galopp.

Ihr erstes Ziel ist der Großbödecker Bahnhof. Von dort aus will sie mit dem Zug nach Hannover. Und dann wird sie schon einen Zug finden, der nach Passau fährt. Das kann doch nicht so schwer sein!

Hinterm Haus steht das silberne Fahrrad. Sie klemmt die Schultasche auf den Gepäckträger und radelt los. Am Bahnhof stellt sie es ab und geht hinauf auf den Bahnsteig. Welcher Zug nach Hannover fährt, weiß sie.

Der Bahnsteig ist leer. Kein Mensch. Weder auf Leilas Seite noch gegenüber. Der Wind hat Blätterberge zusammengefegt, einen in die Ecke des Wartehäuschens, in dem Leila jetzt sitzt. Sie legt die Tasche neben sich und tippt mit den Fußspitzen auf die Pflastersteine.

Die Lautsprecher knacken, eine blecherne Durchsage warnt vor einem ICE, und kurz darauf rast ein weißer Zug vorbei. Leila zuckt zusammen. Blätter werden aufgewirbelt, die Kunststoffscheiben des Wartehäuschens zittern. Dann wird es wieder still.

Leila schiebt den Reißverschluss ihrer Jacke noch etwas weiter nach oben. Sie ist froh, dass sie die dicke Jacke angezogen hat. Auch deswegen, weil sie im Flur hing und noch immer süß und karamellig duftet. Ein Lächeln huscht über ihr Gesicht.

Nach einiger Zeit kommt am Ende des Bahnsteigs jemand mit einer Aktentasche die Treppe hoch. Dann folgen eine Frau mit einem kleinen Kind an der Hand, und schließlich noch fünf oder sechs weitere Personen.

Dann knackt es erneut in den Lautsprechern. »Der Regionalzug nach …«

Leila steht auf. Fest umklammert sie ihre Tasche, den Blick auf den herannahenden Zug gerichtet.

Als er mit schrillem Quietschen hält, wendet sie sich zur Menschentraube vor der nahen Waggontür. Kurz bevor sie einsteigt, dreht sie sich noch einmal um.

Eine ältere Frau rennt den Bahnsteig entlang. Kurze weiße Haare, klackernde Schuhe und eine bunte Jacke. Genau so eine Jacke, wie sie bei Max' Oma im Flur an der Garderobe hing. Die, die sie einfach anfassen musste und die so weich war. Leila kann ihren Blick nicht von dieser Frau mit der bunten Jacke abwenden, und für einen winzigen Moment treffen sich ihre Blicke. Es ist Oma Gertrud! Leila zuckt zusammen. Hoffentlich hat sie sie nicht erkannt!

Flugs macht sie einen großen Schritt hinein in den Zug und beeilt sich, entgegen der Fahrtrichtung durch die Waggons bis zum Ende des Zuges zu gelangen.

Wenn sie sie erkannt hat, dann weiß Max bestimmt heute noch Bescheid, und dann Mutter, und dann … dann schafft sie es womöglich nicht bis Passau.

Leila schlüpft auf einen Sitz im letzten Waggon, nahe der

Tür. Es ruckelt, und der Zug fährt an. Fest umklammert sie ihre Tasche. Viktor finden. Leila blickt aus dem Fenster. Bäume zischen vorbei, dahinter Wiesen, eine Straße. Der Regionalzug hält an der nächsten Haltestelle. Leila presst sich so tief es geht in den Sitz. Viktor finden, sagt sie zu sich selbst in Gedanken, immer und immer wieder. Es ist, als würde sie sich damit hypnotisieren. Viktor finden.

Aus der Gegenrichtung rast ein ICE vorbei. Es knallt. Unerwartet. Laut. Heftig. Leila schreit auf. Ein weißer heller Streifen zischt an ihrem Fenster vorbei. Sie sieht hinein. Surren. Es blitzt auf. Knallt noch einmal. Laut. Noch einmal. Donnern. Grollen. Sie riecht Rauch. Irgendwo ist Feuer.

»Großmutter«, flüstert Leila. »Großmutter!« Sie krallt ihre Finger in das Polster des Sitzes. Kalte Schweißperlen stehen auf ihrer Stirn. Leila zittert. Kalt ist ihr, unendlich kalt. Noch immer riecht sie Rauch.

Der Angriff, mitten in der Nacht, nahe Großmutters Haus. Sie hat es gesehen, gehört, erlebt … Auf einmal ist alles wieder da. Wie ferngesteuert steht sie auf und schwankt zur Tür.

»Der Angriff, mitten in der Nacht, nahe Großmutters Haus. Sie hat es gesehen, gehört, erlebt …«

MAX

Jette dreht sich auf ihrem Stuhl um. »Weißt du, wo Leila heute ist?«, fragt sie. Sie hat den linken Arm in Gips.

Max schüttelt den Kopf. »Keine Ahnung, gestern war sie da.« Gestern. Das ist ihm so peinlich. Er spürt jetzt noch, wie er rot wird. Wahrscheinlich will Leila sowieso viel lieber mit Jette befreundet sein als mit ihm. Sie ist ja schließlich auch ein Mädchen. »Vielleicht kommt sie gleich noch«, sagt er, obwohl er genau weiß, dass Leila sonst immer pünktlich ist.

Und Leila kommt auch nicht. Die ganze Doppelstunde nicht.

Als es zur Pause klingelt, tippt Max Jette auf die Schulter. »Und jetzt? Sollen wir wen fragen?«

»Frau Martens«, schlägt Jette vor.

»Das ist gut«, sagt Max. »Du fragst im Lehrerzimmer, und ich gucke, ob ich einen von Leilas Brüdern finde.«

Beim Hinausgehen zeigt Max auf Jettes Arm. »Tut es noch weh?«

»Es geht«, sagt Jette und lächelt. »Ich habe meinem Vater geholfen, die Bäckerei zu streichen. Und dann …«, sie zieht eine Grimasse, »… bin ich von der Leiter geflogen.«

Max macht sich auf die Suche nach Alan und Ferhad. Durch die Fenster der Pausenhalle sieht er Alan vor der Schule stehen. Alleine lehnt er an der Wand, neben dem Kücheneingang der Mensa, und tippt auf seinem Handy herum. Glücklich sieht er nicht aus.

Nach kurzem Zögern geht Max entschlossen auf Alan zu. Der bemerkt ihn erst, als Max vor ihm steht und »Ähm« sagt.

»Ähm«, wiederholt Max. »Du bist doch Leilas Bruder, oder?«

Alan sieht ihn an und nickt.

»Ich bin in Leilas Klasse und … Ist sie vielleicht heute krank?«

Alan runzelt die Stirn. »Nein, Leila ist nicht krank«, sagt er und schaut wieder auf sein Handy.

Max beißt sich auf die Unterlippe. »Aber sie …«

Alan schaut noch einmal auf. »Leila ist nicht krank«, wiederholt er.

Max bemüht sich um ein Lächeln. Er nickt Alan zu,

der wieder auf sein Handy guckt, und geht zurück ins Gebäude.

Hoffentlich war Jette erfolgreicher.

»Frau Martens ist heute auf einer Fortbildung, und Herr Heins wusste nichts. Er meint aber, er kümmert sich drum«, berichtet Jette, als sie sich im Klassenraum wiedertreffen. Sie sitzt umgekehrt auf ihrem Stuhl, den Gipsarm auf Max' Tisch abgelegt.

»Dieser Alan hat auch nichts gewusst«, sagt Max und hängt seine Jacke über den Stuhl. »Und jetzt?« Er setzt sich, und Jette zieht ihren Arm zurück.

»Ich habe nach der Vierten wieder einen Termin beim Arzt. Die Schulter tut immer noch schrecklich weh«, sagt Jette. »Gehst du dann noch mal zu Herrn Heins?«

»Klar.« Max lächelt, und Jette setzt sich wieder richtig herum auf ihren Stuhl. Mit der rechten Hand räumt sie die Sachen für Mathe aus der Schultasche auf den Tisch.

In dieser Mathestunde ist Max mit den Gedanken nur bei Leila. Insbesondere kreisen sie um den gestrigen Tag. Ob Leila nicht mehr zur Schule kommen mochte, weil sie vielleicht doch gehört hat, was er gesagt hat, und nun macht sie einen großen Bogen um ihn? Er seufzt.

In der zweiten großen Pause verabschiedet sich Jette, und Max macht sich auf den Weg zum Lehrerzimmer. In der Tür stößt er mit Frederik zusammen.

»Hey!«, sagt Max.

Frederik hat es offensichtlich eilig. »Milan hat den Ball vergessen, und ich muss jetzt zurück und ihn holen«, nörgelt er vor sich hin und holt den Ball aus dem Klassenschrank. »Kommst du diese Pause endlich mal wieder Fußballspielen?«, fragt er Max und flitzt ohne eine Antwort abzuwarten wieder an ihm vorbei.

»Ja, vielleicht«, murmelt Max und schaut ihm hinterher. Was hat Frederik gesagt? Er muss zurück und ihn holen?

Zurück!
Holen!

Max schlägt sich mit der flachen Hand an die Stirn. »Oh nein!«, stöhnt er. »Was habe ich gestern vorgeschlagen?! Zurück nach Syrien fahren! Eine neue Walnuss holen! Ob sie …? Oh nein!« Und dann rennt er los.

Er klopft an die Tür vom Lehrerzimmer. Ungeduldig und heftig, und es dauert unendlich lange, bis Herr Heins öffnet. »Ja bitte, Max?«

»Herr Heins, Jette hatte gefragt, letzte Pause, wegen Leila. Wissen Sie da etwas?«, stößt er hervor und verhakt dabei unruhig seine Finger ineinander.

»Ach ja, stimmt«, sagt Herr Heins. »Das neue Mädchen aus eurer Klasse. Ich hatte Frau Kovac Bescheid gesagt. Geh doch mal eben rüber ins Sekretariat.« Er nickt freundlich.

Hastig und ohne Danke zu sagen dreht Max sich um. Zu Frau Kovac. Na gut.

Vor ihm stehen vier Schüler am Tresen. Irgendein Lehrer fragt dann auch noch irgendetwas von der Seite, woraufhin Frau Kovac erst einmal eine Telefonnummer heraussuchen muss.

Dann endlich ist er dran. »Frau Kovac, ist Leila aus der 5b heute krankgemeldet worden?«

Frau Kovac holt eine Liste von ihrem Schreibtisch und studiert sie kurz. »Nein, keine Leila.« Sie blickt auf und runzelt die Stirn. »Das hat mich doch Herr Heins vorhin schon gefragt. Na, wenn sie morgen auch nicht da ist, dann rufe ich bei ihr zu Hause an. Bestimmt hat ihre Mutter nur vergessen, Bescheid zu sagen.« Sie nickt Max zu und wendet sich zur nächsten Schülerin.

Max rückt ein Stück zur Seite, beide Hände fest an der Kante des Tresens. Was soll er jetzt nur machen? Er stiert in den Raum, ohne etwas zu sehen. Was ist, wenn sie wirklich aufgebrochen ist und gerade versucht, zurück nach Syrien zu fahren? Muss er das jetzt sagen?

In diesem Moment tritt Dr. Bergner aus seinem Büro und bleibt neben Frau Kovacs Schreibtisch stehen. Verwundert guckt er auf den Süßigkeitenteller. Und genau dorthin wandert jetzt auch Max' Blick.

Dr. Bergners Hand hebt etwas Kleines Braunes mit dunklen runzeligen Streifen dort heraus. Kurz betrachtet er es, und legt es dann zurück, um sich stattdessen ein Bonbon zu greifen. Das zerkaut er krachend und verlässt den Raum.

Max durchfährt es wie ein Blitz. Da ist sie! Das *muss* sie sein! Leilas Walnuss!

LEILA

Leila steigt aus. Überall Menschen, Koffer, laute Durchsagen. Fest umklammert sie ihre Tasche. Das Herz schlägt ihr bis zum Hals. Sie treibt in einem Menschenstrom dahin. Den Bahnsteig entlang, eine große Treppe hinunter in eine große lange Halle. In der sind noch mehr Menschen, die hin und her ziehen, und Koffer, kreuz und quer, ohne Richtung. Kaffeeduft, Worte, jemand rempelt sie an. Leila fröstelt.

Der Menschenstrom ist schnell, Leila ist langsam. Sie bleibt stehen, mittendrin. Wie durch ein Brennglas nimmt sie nur Einzelheiten wahr. Hier glänzende Schuhe, dort eine Kofferschnalle, Kinderweinen. Aufblitzende Details. Nichts gehört zusammen. Tausend Splitter. Nichts davon ergibt ein Ganzes. Nichts gibt Halt.

Wieder wird sie angerempelt und treibt schließlich in

die Mitte der zwei Ströme in ein unbewegtes Verbindungsstück. Eine Glaswand, ihre Hand umfasst glänzendes, rundes Metall, laute Durchsagen, fremde Worte, Koffer, Menschen. Sich festhalten, irgendwo.

»Leila, was machst du denn hier? Hast du keine Schule?«

Leila fährt herum. Jemand steht neben ihr. Eine Stimme, weiße Haare über Augen, eine bunte Jacke. Diese Jacke … Ihre Finger greifen danach.

»Leila, ich bin's, Max' Oma. Oma Gertrud. Du warst letzte Woche bei mir.«

Ein Gesicht kommt näher.

»Leila? Erinnerst du dich an mich?«, fragt die Stimme eindringlich.

Diese Jacke … Leilas Finger berühren die Jacke. Sie streichen am Ärmelsaum entlang. Weich. Oma Gertrud. Leila blickt auf und nickt.

»Wo willst du denn hin?«

Leila zuckt mit den Schultern. Es ist, als verwirrten sich die Worte ihrer Sprachen gerade ineinander wie in einem wilden Knäuel. Kein Faden, kein Anfang mehr. Leila ist verloren gegangen. »Syria«, murmelt sie schließlich.

Und so bleibt sie dort neben Oma Gertrud stehen, die ihr Handy aus der Handtasche holt, irgendjemanden anruft und sich entschuldigt. Das versteht Leila. Ganz nah bleibt sie bei Oma Gertrud, so nah, dass sie die weiche Jacke an den Fingerspitzen spüren kann.

Als Oma Gertrud aufgelegt hat, sagt sie zu Leila: »Wir zwei, wir fahren jetzt wieder nach Hause. Ist das in Ordnung?«

Leila nickt. Erleichtert ist sie. So sehr!

Es dauert, bis der Regionalzug aus der anderen Richtung endlich einfährt. Dann sitzen sie nebeneinander, Leila kann nicht anders als sich anzulehnen, und vorsichtig legt Oma Gertrud den Arm um sie. Sie sagt während der ganzen Fahrt kein Wort.

Erst, als sie auf dem Bahnsteig stehen. »So, meine Liebe. Wohin möchtest du nun?« Sie schaut Leila an. »In die Schule oder nach Hause?« Oma Gertrud macht eine Pause. »Oder darf ich dich vielleicht auf einen Tee und einen Lebkuchen zu mir einladen und dich nachher, zum Schulschluss, wieder zurückbringen?«

Leila presst die Lippen zusammen. Sehr genau spürt sie, was sie jetzt am liebsten möchte. Doch darf sie das annehmen? Schließlich schaut sie hoch und nickt zaghaft. »Gerne Tee bei dir«, flüstert sie, und es fühlt sich an, als dürfe sie sich ganz und gar in diese weiche bunte Jacke hineinkuscheln.

MAX

»Möchtest du noch etwas?« Frau Kovac wendet sich Max zu.

Mit großen Augen schaut er sie an. »Was?«

»Ob du noch etwas möchtest?«, wiederholt Frau Kovac, dieses Mal betont langsam und deutlich. Sie klingt dabei nicht sehr freundlich.

»Ähm, ja. Ähm, nein.« Was soll er jetzt nur so schnell erzählen? »Also, doch … für, für Herrn Grützner. Ich soll noch Mathekopien abholen. Ja, Kopien.« Max nickt heftig.

»Kopien?« Frau Kovac schaut ihn an. »Wo sollen die denn sein?« Sie fährt mit dem Zeigefinger an den Fächern der Lehrer entlang bis zum Buchstaben G wie Grützner. »Hier liegt nämlich nichts drin.«

In diesem Moment klingelt es zum Ende der Pause.

»Ähm, ja. Vielleicht … noch auf dem Kopierer, oder so?«, stammelt Max. Wie auch immer, hier ist Notschwindeln erlaubt. Er muss jetzt an diese Nuss kommen!

Frau Kovac schüttelt sichtlich genervt den Kopf. Vor sich hin schimpfend geht sie um den Tresen herum und über den Flur in den Kopierraum.

Max schaut sich noch einmal um. Jetzt! Außer ihm ist niemand mehr hier. Flugs pirscht er um den Tresen herum und greift in den Süßigkeitenteller.

Das ist sie! Er spürt es genau! Die kleine runzelige Nuss liegt in seiner Hand, und es fühlt sich an, als explodiere in ihm ein Feuerwerk. Er hat sie gefunden!

Schnell lässt er die Nuss in seine Hosentasche gleiten und sieht zu, dass er aus dem Sekretariat rauskommt. Er hat sie! Leilas Nuss ist wieder da!

Strahlend flitzt er durch die Pausenhalle und bekommt gar nicht mit, dass Frau Kovac ihm hinterherruft, was für eine Frechheit das sei, jetzt einfach abzuhauen, weil da nämlich überhaupt gar keine Kopien lägen!

Max ist überglücklich. Er hat den Schatz gefunden!

Die sechste Stunde fällt aus, und langsam sucht Max seine Sachen zusammen. Von dem Feuerwerk in ihm sind nur noch die Wunderkerzen übriggeblieben, aber die funkeln und knistern noch immer. Frederik hat schon komisch geguckt, weil er dauernd grinsen muss.

Aber was genau soll er jetzt machen?

Heute kann er auf keinen Fall mehr zu Frau Kovac und ihr sagen, dass er glaubt, Leila sei nach Syrien aufgebrochen und vermutlich wisse ihre Mutter gar nichts davon. Doch Frau Kovac würde sowieso immer denken, dass er spinnt. Und Frau Martens ist nicht da. Soll er noch mal Leilas Brüder suchen? Ach, am besten fragt er Oma! Vielleicht ist sie doch schon zurück von ihrem Geburtstagskaffee. Oder sollte er einfach bei Leila vorbeifahren? So ungefähr weiß er ja, wo sie wohnt.

Max schlüpft in seine Jacke. »Tschüss!«, sagt er, als er an Frederik und Milan vorbeigeht. Ganz fest umschließt seine Hand in der Hosentasche die Nuss. Großes Wunderkerzenfunkeln!

Als er seinen Ranzen in den Fahrradkorb stellt, fällt es ihm plötzlich ein: Er könnte ja auch die Nuss fragen! Die, oder besser Großmutter Amina darin, könnte er fragen, was er machen soll. Oder, noch viel besser: Er könnte sie fragen, wo Leila ist!

Max sieht sich um. Er ist alleine auf dem Fahrradhof. Vorsichtig holt er die Nuss aus seiner Hosentasche, hält sie auf der flachen Hand vor sich hin und sagt: »Großmutter Amina, wo ist Leila?«

Er horcht. Keine Antwort.

Ob er sich erst vorstellen muss? »Ich bin Max«, flüstert er und sieht sich noch einmal um, ob ihn auch wirklich niemand beobachtet. »Ich bin …«, er zögert. »Ich bin Leilas Freund. Kannst du mir helfen?«

Er horcht. Wieder keine Antwort.

Max betrachtet die Nuss auf seiner Handfläche. Oder ob er es so machen muss wie Leila auf dem Sportplatz in der Weitsprunggrube?

Puh, das ist schräg. Dabei darf ihn auf gar keinen Fall jemand beobachten.

Vorsichtig schiebt er sich Schritt für Schritt rückwärts zwischen den Büschen hindurch bis zu einer kleinen lichten Stelle, direkt an der Wand des Schulgebäudes.

Die Sonne dringt durch die kahlen Äste und wirft ein Gewirr sich kreuzender Schattenlinien auf die mit braunen Blättern bedeckte Erde.

Max sucht einen kleinen Stock und fegt mit der Hand an einer Stelle die Blätter weg.

»Gut.«, sagt er, als ob er sich selbst Mut zureden müsste. Dann malt er mit dem Stock nebeneinander drei Kreise auf die Erde. In einen schreibt er ein S für Syrien, in einen ein G für Großbödecke und, weil ihm nichts anderes einfällt, ein W in den dritten. Für woanders.

Er geht fünf Schritte rückwärts und rollt die Nuss auf die Kreise zu. Im Kreis mit dem W bleibt sie liegen. »Ui!«, entfährt es Max. Er hebt die Nuss auf und fragt: »Und was soll ich jetzt machen?«

Die Nuss gibt keine Antwort.

Max atmet tief ein, dann wischt er das W weg und schreibt ein O für Oma hinein, denn schließlich ist eine Großmutter auch eine Oma, und das G ist ja schon vergeben.

Wieder geht er fünf Schritte rückwärts und rollt die Nuss auf die Kreise zu. Dieses Mal bleibt sie im O-Kreis liegen.

Unschlüssig steht Max vor den Kreisen. Er bückt sich, greift nach der Nuss und betrachtet sie eindringlich. »Großmutter Amina, worauf war denn das jetzt eine Antwort? Wo Leila ist oder was ich jetzt machen soll?« Er kratzt sich am Kopf. »Ist Leila jetzt schon bei ihrer Großmutter, oder soll ich zu meiner Oma fahren?« Fragend schaut Max die Nuss an, die einfach schweigt.

Enttäuscht steckt er sie zurück in seine Hosentasche. »Na ja«, murmelt er, während er sich wieder durch die Büsche schiebt. »Vielleicht liegt es auch daran, dass ich kein Arabisch kann.«

Er steigt auf sein Fahrrad und radelt los. An der Fußgängerampel zum Neubaugebiet hält er kurz an. Ein letzter Versuch? Max holt die Nuss noch einmal aus der Hosentasche. Eindringlich sieht er sie an. Keine Reaktion. Er schaut in Richtung Neubaugebiet und dann auf seinen üblichen Weg nach Hause. »Na gut, na gut«, sagt er und steckt sie zurück in seine Tasche. »Vielleicht hast du ja wirklich meine Oma gemeint.«

Und so radelt er nach Lintze.

LEILA

Oma Gertrud und Leila sind mit dem Auto vom Bahnhof nach Lintze gefahren. In Oma Gertruds Haus spürt Leila dieselbe seltsam vertraute Behaglichkeit wie beim letzten Mal. Sie ist sehr erleichtert, hier zu sein.

»Setz dich einfach schon mal aufs Sofa. Ich koche eben den Tee.« Oma Gertrud tippt mit den Fingerspitzen an die Wohnzimmertür. Schmunzelnd schaut sie Leila an. »Und ich glaube, da wartet schon jemand auf dich.«

Zögerlich betritt Leila das Wohnzimmer. Auf dem Sofa liegt die getigerte Katze. Sobald sie Leila erblickt, mauzt sie und räkelt sich auf den Rücken. Leila muss lächeln.

Vorsichtig setzt sie sich auf die Sofakante und beginnt die Katze zu kraulen. Die Getigerte schnurrt.

»Lass mich mal raten«, sagt Oma Gertrud, als sie mit

einem vollen Tablett aus der Küche kommt. »Du wolltest also zurück nach Syrien.« Dann setzt sie sich in den Sessel.

Leila erschrickt. »Woher weißt du das?«

»Weil ich auch mal ein Kind war und meine Oma schrecklich vermisst habe. So sehr, dass ich am liebsten irgendwie wieder dorthin zurückgegangen wäre, wo sie noch war. Aber es ging nicht.« Oma Gertrud streicht über das Tischtuch. »Sie hatte Schafe, und ich glaube, deswegen mag ich auch Sachen aus Wolle so gerne.« Sie sieht auf und lächelt.

Leila blickt auf ihre Hände, die durch das Fell der Katze streichen. »Ja«, sagt sie. »Ich vermisse meine Großmutter auch.« Sie blickt auf. »So, so sehr!«

Oma Gertrud schenkt Tee ein und reicht Leila eine Tasse.

»Eigentlich will Vater mit Großmutter kommen. Schon seit langer Zeit.« Leila stockt. »Großmutter ist aber krank. Mein Vater will warten, bis sie gesund ist, damit sie den Weg schafft.« Fest umfasst Leila die warme Tasse. »Aber ich glaube, Großmutter Amina wird gar nicht mehr gesund.« Hilfesuchend schaut sie Oma Gertrud an. »Vielleicht stirbt sie auch.«

Oma Gertrud drückt Leilas Hand. Ganz kurz nur. Sie sagt nichts. Für eine Weile ist es still. Nur die Uhr in der Küche tickt.

»Meine Großmutter hat den wunderschönsten Garten, den man sich nur vorstellen kann«, beginnt Leila leise. »Dort blühen so viele Blumen. Es duftet nach Rosen, Koriander und Basilikum. Und es gibt Tomaten, Oliven, Feigen, Aprikosen, Zitronen und Melonen. Alles.« Leila hält inne. Sie spürt einen dicken Kloß im Hals. »Und Walnüsse. Sie hat mir eine geschenkt zum Abschied.« Leila schluckt. »Und weißt du … ich habe sie verloren. Ich wollte mir eine neue holen. Oder … oder jemanden bitten, mir eine mitzubringen.«

Leila stockt. Viktor. *Vergiss den Namen! Sofort!*

»Nein!«, stößt sie heftig hervor. »Nein, nein, nein! Aber ich kann nicht. Nein!« Sie schüttelt den Kopf so doll, als könne sie damit die aufblitzenden Bilder wieder verscheuchen.

Oma Gertrud räuspert sich. Sie zögert, sucht Leilas Blick und sagt: »Ich war damals neun.«

Leila blickt auf. Oma Gertruds Stimme klingt jetzt verändert.

»Fast so alt wie du jetzt«, fährt sie fort. »Damals herrschte hier ein großer Krieg, und meine Mutter ist mit mir und meiner kleinen Schwester aufgebrochen, um aus unserer Heimat zu fliehen, einer Stadt namens Juchow. Viele hundert Kilometer östlich von hier.« Oma Gertruds Hand streicht noch einmal über das Tischtuch. »Mein Vater war Soldat, und meine Großeltern haben sich geweigert, mit uns zu gehen. Sie wollten eher sterben, als Juchow zu verlassen. Meine Mutter hat sehr laut mit ihnen gestritten, damals.« Oma Gertrud schnäuzt sich, und Leila läuft ein Schauer

»Meine Großmutter Amina hat den wunderschönsten Garten, den man sich nur vorstellen kann.«

über den Rücken. »Schließlich hat sie aufgegeben, und meine Oma hat ihr dann zum Abschied das Rezept von diesen Lebkuchen aufgeschrieben.« Oma Gertrud zeigt auf den Teller vor sich.

MAX

Max lehnt sein Rad an den Zaun und betritt Oma Gertruds Haus. Er stutzt: An der Garderobe hängt Leilas Jacke! Sie ist hier? Das Wunderkerzenfunkeln glimmt noch einmal auf, und gerade holt er die Nuss aus der Hosentasche, als er Omas Stimme aus dem Wohnzimmer vernimmt.

»… und meine Oma hat ihr dann zum Abschied das Rezept von diesen Lebkuchen aufgeschrieben«, hört er seine Oma gerade sagen.

Er lächelt. Die Geschichte kennt er. Das Lebkuchenrezept.

»Es stammt von ihrer Mutter, und die hat es vermutlich auch schon von ihrer Mutter und so weiter. Sie hat gesagt: ›Wann und wo auch immer ihr es backt, denkt an mich und an Juchow‹« Oma Gertrud macht eine Pause.

Max steht regungslos im Flur. Wer ist Juchow?

»Weißt du, es war eines der wenigen Dinge, die meine Mutter den ganzen Weg auf der Flucht aus Pommern immer bei sich getragen hat, und unser Lebkuchenbacktag blieb stets ein besonderer Tag. Noch heute ist es, als backe ich mich jedes Mal ein bisschen in meine Heimat zurück.«

Was erzählt Oma denn da? Max wagt kaum zu atmen. Flucht? Pommern? Das Pommern, woher Oma ihr Blut hat? Er starrt auf die Nuss in seiner Hand. Aber Oma kommt doch aus Lintze, schon immer!

»Aber weißt du, Leila«, hört er Oma noch hinzufügen, »mit oder ohne Lebkuchen, meine Heimat könnte ich ohnehin nie verlieren, denn sie ist hier drin.«

Max steht im Flur, und ihm ist, als ob gerade für einen Moment die Zeit stillsteht. »Oma?«, flüstert er verdattert. Wieso weiß er das nicht? Oma ist als Kind geflüchtet? Sein Blick wandert an die gegenüberliegende Wand mit all den Familienfotos. Wusste Opa das? Weiß Papa das überhaupt? Und wodrin ist jetzt diese Heimat? Kann man die überhaupt irgendwodrin aufbewahren?

Max schließt die Hand um Leilas Nuss. Gerade hat er das Gefühl, dass er sich an irgendetwas festhalten muss.

Wie lange er da so steht, die Nuss fest umschlossen, weiß er nicht. Irgendwann nimmt er Omas Stimme wieder wahr. Sie fragt Leila nach ihrem Vater.

»Vermisst du ihn?«, fragt sie.

»Ja. Natürlich«, antwortet Leila leise. »Mindestens so sehr wie Großmutter Amina.« Und dann sagt sie: »Mein Vater ist Bäcker, mit einer eigenen Bäckerei, und er möchte auch wieder eine aufmachen. Sein Cousin lebt schon lange in Kanada, und er will ihm dabei helfen. Und darum …« Es klingt, als ziehe Leila die Nase hoch. »… darum möchte mein Vater dahin. Nach Kanada. Mit uns allen.«

»Oh!«, hört Max seine Oma sagen.

Und ungewohnt heftig fügt Leila hinzu: »Aber solange ich meine Walnuss nicht wiedergefunden habe, gehe ich niemals mit. Nicht nach Kanada! Niemals!«

Max lehnt sich mit dem Rücken gegen die Wand und rutscht an ihr hinunter, bis er auf dem Fußboden sitzt. Die Geräusche nimmt er in Kauf. Es ist jetzt sowieso egal. Kanada! Leilas Vater will nach Kanada!

Erst Omas seltsame Geschichte und jetzt auch noch Leila weg nach Kanada!

»Max? Bist du das?« Er hört Omas Schritte im Wohnzimmer.

Erschrocken stopft er die Nuss in seine Jackentasche und nestelt bemüht lässig an seinen Schnürsenkeln herum.

Oma Gertrud zieht die Wohnzimmertür auf und schaut in den Flur. »Hallo! Hast du früher Schulschluss gehabt?«, fragt sie und sieht ihn überrascht an.

Max schaut hoch. Hitze steigt ihm in den Kopf. Er bemüht sich um ein harmloses Lächeln. »Ja, ähm, die letzte Stunde ist ausge… Aber wieso ist Leila hier?«

LEILA

Leila hört Max' Stimme und springt vom Sofa auf. Max ist da! Doch auf dem Weg bis zur Tür wird sie immer langsamer. Ist er vielleicht jetzt sauer? Weil sie einfach so verschwunden ist, ohne etwas zu sagen? Doch nach kurzem Zögern lugt sie an Oma Gertrud vorbei in den Flur.

Da sitzt Max. Auf dem Fußboden. Und fummelt an seinen Schnürsenkeln herum.

»Hallo«, sagt sie zaghaft und lehnt sich an den Türrahmen.

»Hallo«, sagt Max. Er wirkt ziemlich fahrig.

Oma Gertrud lächelt. Dann geht sie in die Küche, und so sind die beiden plötzlich alleine.

Leila beißt sich auf die Unterlippe. Sie streicht an ihrem Zopf entlang und befestigt das Haargummi noch einmal neu an dessen Ende. Dann blickt sie auf. »Ich wollte eine neue Nuss holen«, sagt sie. »Aber es geht nicht.«

»Ich hätte dir das nie, nie vorschlagen dürfen«, stammelt Max und zieht umständlich seine Schuhe aus.

»Nein, es ist nicht deine Schuld. Gar nicht«, beeilt sich Leila zu sagen. Ihr Blick bleibt an den Familienfotos an der Wand hängen. »Es ist nur … Aber dann hat mich deine Oma gefunden und mit hierhergenommen.«

Max steht auf und stellt seine Schuhe ordentlich neben Leilas. »Jette und ich haben dich heute vermisst.« Er kratzt sich am Kopf, zieht dann seine Jacke aus und hängt sie so ungeschickt an die Garderobe, dass sie gleich wieder hinunterfällt. »Wir dachten, du bist krank.« Er bückt sich nach der Jacke und hängt sie erneut an den Haken.

»Jette war heute wieder da? Das ist schön!« Leila strahlt.

»Ja, aber sie hat jetzt einen Gipsarm.« Wieder fällt die Jacke hinunter.

»Einen was?«, fragt Leila, macht einen Schritt in den Flur und greift nach der Jacke.

»Na, sie hat sich den Arm gebrochen und der ist so eingepackt.« Max macht hastig eine wickelnde Bewegung um seinen Arm.

»Aha.« Leila nickt, aber was ein Gipsarm sein soll, hat sie nicht verstanden. Na ja, wird sie morgen sehen. Dann hängt sie Max' Jacke an den freien Haken. Diesmal bleibt sie dort.

»Danke«, sagt Max und fummelt an seinem Ärmelsaum herum.

In diesem Moment kommt Oma aus der Küche. Sie zeigt auf ihre Armbanduhr. »Es ist schon spät, Leila. Ich muss dich jetzt zurückfahren, damit sich deine Mutter keine Sorgen macht.«

»Aber, mein Fahrrad! Das steht noch am Bahnhof«, fällt Leila plötzlich ein.

»Dann bringe ich dich dorthin«, sagt Oma Gertrud. »Und du, Max, pass bitte auf die Linsensuppe auf. Ich bin gleich wieder da.«

Sie zieht ihre Jacke über und nickt Leila zu, die noch wie angewurzelt dasteht.

Ich will gar nicht weg!, saust es durch Leilas Kopf. Doch dann sagt sie: »Tschüss, bis morgen«, und beeilt sich, hinter Oma herzukommen. An der Tür dreht sie sich noch einmal um. Max steht dort und sieht aus wie eine gebadete Maus. *Was hat er nur?*, denkt Leila. Zwischen ihren Beinen huscht die Katze hindurch nach draußen.

MAX

Als hinter Leila die Tür zufällt, greift Max nach seiner Jacke. Durch den Stoff hindurch kann er die Nuss fühlen. Sie ist noch da! Vorsichtig nimmt er sie heraus.

»Was soll ich denn jetzt machen?« Flehend betrachtet er sie. »Ich will nicht, dass Leila wieder geht.«

Plötzlich riecht Max die Linsensuppe. Schnell steckt er die Nuss zurück in die Jackentasche, geht in die Küche und beginnt zu rühren. Gerade noch rechtzeitig!

Er rührt einmal für Leila, einmal für die Nuss, einmal für Großmutter Amina, dann für Leilas Vater und für Kanada. Nein, für Kanada lieber in die andere Richtung rühren. Dann einmal für Oma, einmal für das Lebkuchenrezept, einmal für seine Ururoma und einmal für dieses Pommern. Wo ist das überhaupt?

Ruck-zuck ist Oma wieder da. Max deckt den Tisch, und sie setzen sich zum Essen. Konzentriert schaut Max auf seinen Teller, deutlich spürt er Omas Blick auf sich.

Schließlich fragt sie: »Du hast dir heute um Leila Sorgen gemacht, oder?«

»Joo, vielleicht. Ein bisschen«, antwortet er ausweichend, den Blick fest auf den Teller gerichtet.

Für einen Moment hört man nur die Löffel klirren.

»Sag mal, hat es dich gestört, dass ich Leila heute mit zu mir genommen habe?«, fragt Oma mit leichter Verwunderung in der Stimme.

Max sieht auf. »Nein! Gar nicht!«, sagt er energisch und fügt etwas leiser hinzu: »Vielleicht war es ein bisschen komisch.«

Komisch war es eigentlich nicht. Eher schrecklich! Aber das kann er Oma jetzt nicht sagen, denn Lauschen mag sie gar nicht, das weiß er genau. Schnell schaut er zurück auf seinen Teller.

»Möchtest du noch etwas?«, fragt Oma, als sein Teller leer ist.

»Nein, danke«, sagt Max. Er legt den Löffel an den Rand.

Oma runzelt die Stirn. »Aber irgendetwas ist doch? Du magst sonst Linsensuppe so gerne.«

»Ach, Frederik war heute ein bisschen doof«, behauptet Max, nimmt seinen Teller und den noch halbvollen Topf Linsensuppe und bringt beides in die Küche.

Oma kommt mit ihrem Teller hinterher, und sie begegnen sich in der Tür. Sie blickt ihn prüfend an.

»Ich mach jetzt Hausaufgaben«, sagt Max und beeilt sich, aus der Küche zu kommen.

Er mag jetzt keine Fragen. Ausnahmsweise auch nicht von Oma. Und vor allem nicht die, auf die er gar keine Antworten weiß. Jetzt möchte er nur allein sein.

Doch als er sich die Schuhe anzieht, erscheint Omas Kopf noch einmal in der Küchentür.

»Aber wenn irgendetwas ist, Max …«, sagt sie eindringlich, »… dann sagst du mir das? Du weißt, dass du mir alles erzählen kannst, ja?«

»Ja, Oma!« Es klingt genervter, als er es meint und mit Schwung zieht Max die Tür hinter sich zu. Nur eine Sekunde später wünscht er sich, er hätte sich eben getraut. Sich einfach getraut, seine Oma zu fragen. Nach allem, was er gehört hat. Nach Kanada. Nach der Nuss in seiner Tasche, die er doch Leila wiedergeben muss. Natürlich! Selbst wenn sie dann geht, oder? Er hätte Oma fragen können, was er jetzt tun soll. Und ganz vielleicht sogar hätte er nach Pommern fragen können. Vielleicht sogar das.

Doch das Durcheinander in seinem Kopf ist groß. Viel zu groß. Die Fragen erscheinen ihm riesig. Als seien sie große Wellen, und er hat Angst, die Antworten darauf könnten über ihm zusammenschlagen, ihn mitreißen, wegschwemmen, sodass er keinen Boden mehr unter den Füßen spürt.

Und so steckt Max seine Hand in die Jackentasche und umfasst die Nuss. Ganz fest. Als könne er nicht nur sich selbst, sondern auch Leila damit festhalten.

In der Schule ist am nächsten Tag alles wie immer, zumindest tut Max so.

Während der Schulstunden muss er ständig an die Nuss in seiner Jackentasche denken. Ob er Leila einfach alles erzählt? Oder ob er ihr die Nuss heimlich in die Tasche steckt? Ob sie dann geht? Sofort, am nächsten Tag? Oder erst, wenn ihr Vater kommt? Würde sie sich verabschieden? Oder würde es werden wie gestern, und er würde zu Frau Kovac gehen und sie sagen hören: »Aber Max, hat euch Frau Martens das nicht gesagt? Leilas Familie ist nach Kanada …«

»Habt ihr die Englisch-Hausaufgaben schon gemacht?«, fragt Jette plötzlich. Sie hat sich halb umgedreht und spricht mit ihm und Leila.

»Nein«, antwortet Leila. »Das habe ich gestern nicht mehr geschafft.« Dabei meidet sie Max' Blick und schaut nur Jette an. »Du weißt schon, wegen des Termins in Hannover.«

»Und du?«, fragt Jette Max.

»Ich?« Max schaut auf. Was Leila Jette wohl erzählt hat? »Ich nicht, nein. Die sind ganz schön schwer.«, sagt er und bemüht sich um ein Grinsen.

»Wollen wir die nachher zusammen machen?«, schlägt Jette vor. »Nach der fünften?«

Leila nickt. Max auch, und insgeheim bedankt er sich bei Jette, und das nicht nur wegen Englisch.

Später in der Pausenhalle rückt Max seinen Stuhl nah an Leilas heran. Wenn beide Mädchen schreiben, dann wird es ihm doch möglich sein, diese Nuss unbemerkt in Leilas Tasche zu stecken. Das kann ja nicht so schwer sein.

Beim ersten Versuch muss er aber feststellen, dass die Nuss in der Leila abgewandten Jackentasche steckt, und den nächsten günstigen Moment verbraucht er für das Herüberbefördern auf die richtige Seite.

»Max, du hast ja gar nicht mitgeschrieben«, bemerkt Jette dann leider und diktiert ihm die Antworten auf Frau Martens Aufgaben. Das dauert.

Und schließlich kommt zu allem Überfluss auch noch Frederik dazu. Er fragt zwar, ob er mitmachen darf, aber als er dann auf dem freien Platz Max gegenübersitzt, grinst er ihn nur die ganze Zeit an. Zumindest kommt es Max so vor.

Nach diesem Schultag hat er dann zwar ungewöhnlich gute Englisch-Hausaufgaben, aber so richtig darüber freuen kann er sich nicht, denn die Nuss ist noch immer in seiner Tasche. Ob er Leila einfach alles erzählen soll? Aber dann muss er auch sagen, dass er das mit Kanada gehört hat. Gelauscht! Für einen Freund nicht nett! Ach, vielleicht klappt es ja morgen mit der Jackentasche. Oder ihm fällt noch etwas viel Besseres ein.

Zwei Tage später ist die Nuss noch immer in Max' Jackentasche, und mit jedem Tag ist es schwieriger geworden. Schwieriger, die Wahrheit zu sagen, und schwieriger zu ertragen, dass Leila dann vielleicht wirklich nach Kanada verschwinden könnte. Wobei sie darüber kein Wort verliert. Kein einziges. Auch nicht über ihr Gespräch mit seiner Oma oder den Versuch, zurück nach Syrien zu fahren. Nur die Geschichte der Nuss, die erzählt sie eines Tages in Max' Beisein endlich auch Jette. Er fühlt sich schrecklich dabei.

Aber der Freitagnachmittag ist Max' Chance! Sein Vater fährt mit Leila, Frederik und Max mit dem alten Trecker in den Wald, um Tannenzweige für den Adventsbasar zu holen.

»Ich will auch mit!«, hatte Jette gejammert und ihren Gipsarm wütend angeschaut.

»Ach, wir kommen dich einfach hinterher in eurer neuen Bäckerei besuchen«, hatte Max vorgeschlagen. »Dein Vater bekommt ein paar Zweige für die Deko und wir einen warmen Kakao, okay?«

»Superidee!« Jette und Leila hatten gestrahlt.

Im Wald fegt der Wind durch die Baumwipfel. Max' Vater stellt den Trecker am Rand der Schonung ab, und alle klettern von den Sitzen. Vom Anhänger greift Jens sich die Klappsäge, dann stapfen sie hintereinanderher durch die Bäume. Jens sägt die Zweige ab, und Max, Leila und Frederik bringen sie auf den Anhänger. Überall duftet es nach Tanne.

Max könnte die Nuss auch hier fallen lassen. Einfach hier zwischen den Tannen, und sagen: »Guck mal, was da liegt! Ist das nicht deine Nuss?« Aber wie sollte sie hierhergekommen sein? Einfach so in das Waldstück seines Vaters, zwischen die Weihnachtsbäume. Oder ob er sie auf den Treckersitz legt? Und sein Vater sagt dann: »Guck mal, eine Nuss! Wie kommt die denn hierher?« Nein. Das ist auch nicht besser. Und wenn er sie nicht sieht, fällt sie vielleicht irgendwann hinunter, und dann wäre sie tatsächlich weg.

Für immer.

»He, pass doch auf!« Fast wäre er mit Frederik zusammengestoßen, der gerade ein dickes Bund Tannenzweige hinter sich herzieht.

Auf dem Rückweg sitzen sie zu dritt auf dem Anhänger, jeder ein Bund Tannenzweige unter dem Hintern. Es holpert, und ab und an berühren sich Max und Leila an den Schultern.

Ich will nicht, dass sie geht!, schreit es in Max' Kopf. *Ich will, dass sie bleibt!* Und es schreit so laut, dass er befürchtet, Leila oder Frederik könnten es hören.

Sie laden die Tannenzweige in Großbödecke auf dem Schulhof ab, dann setzen sie Frederik beim Fußballtraining ab. Danach geht es zurück nach Lintze, bis zu Hillmers alter Bäckerei.

Jettes Vater öffnet die Tür. »Hereinspaziert!«, ruft er und lacht über das ganze Gesicht. »Jette! Deine Kakaogäste sind da!«

Im gleichen Moment kommt Jette mit einem Topf Kakao durch eine andere Tür. »Das ist ja schön! Ich bin gerade fertig geworden«, sagt sie. Dann holt sie Becher und drückt sie Leila und Max in die Hand.

»Es sieht hier jetzt so anders aus«, sagt Max. Er kennt Hillmers Bäckerei noch von früher. Vor drei Jahren hatten Hillmers geschlossen. Bis dahin war er oft hier, um Brot zu kaufen.

Nun sind die Holzregale leer, keine Preise auf den Schildchen, alles ist sauber. Kein einziger Brotkrümel. Dazu frisch gestrichene Wände. Es riecht nicht einmal mehr nach Gebackenem.

Er schaut Jette an. »Ich finde, es ist echt schön geworden, aber irgendwie …«, er sucht nach Worten, »… fehlt noch was.«

Jette nickt. »Du hast recht. Genau darüber haben mein Vater und ich gerade gestern gesprochen. Aber Papa glaubt, Musik und Gebäck haben Zauberkräfte.« Sie lacht.

»Ich finde es jetzt schon wunderschön«, sagt Leila. »Hoffentlich findet mein Vater so etwas Schönes auch in Kanada.«

Max verschluckt sich am Kakao und muss husten. Es ist, als ob eine große fiese Klammer nach seinem Herz greift.

»Kanada?«, fragt Jette verwundert. »Was will denn dein Vater in Kanada? Ihr seid doch jetzt hier.«

Leila scheint erschrocken über ihre eigenen Worte. »Ja, also«, stammelt sie, »mein Vater hat einen Cousin in Kanada, und, und er möchte doch wieder eine Bäckerei haben, und der Cousin hat versprochen, er kümmert sich. Dort. In Kanada.« Sie schluckt. »Darum.«

»Nur dein Vater?«, fragt Jette. »Oder … oder ihr alle?«

Jette schaut Max an. Eigentlich ist es keine Frage.

»Wir alle«, flüstert Leila.

»Aber dein …«, beginnt Max und zeigt auf den Tresen und dann rundherum durch den ganzen Laden. Sein und Jettes Blick treffen sich.

»Ja! Leila, dein …«, setzt auch Jette an.

»… dein Vater kann doch hier backen!«, rufen Max und Jette wie aus einem Munde.

Leila starrt die beiden an. Ganz groß sind ihre Augen.

»Was? Ihr meint hier? Hier in dieser schönen Bäckerei? Aber, aber das geht doch nicht. Dein Vater, der …«

»Papa!«, schreit Jette. »Papa, komm mal schnell! Wir haben eine Superidee!«

Jettes Vater taucht in der Tür zur Backstube auf. »Was ist denn los?«

Und dann ist Jette nicht mehr zu halten. Voller Begeisterung erzählt sie von Leila, von ihrem Vater, von dessen Cousin in Kanada und dass es viel zu weit weg ist. Und schließlich eröffnet sie ihm die Idee: Leilas Vater Hassan könne doch seine Bäckerei hier aufmachen. Dann wäre es ein Musikcafé mit Apfelkuchen und syrischen Baklavas! Hier in Lintze.

Jettes Vater hört aufmerksam zu.

Als Jette endlich fertig ist, fragt sie: »Und, was sagst du nun?«

Leila hat den Kopf gesenkt, und Max ist ganz still.

Dann sagt Jettes Vater: »Das klingt nach einer sehr guten Idee.« Er schaut in die Runde und lächelt. »Eine syrische Bäckerei in meinem Musik-Café! Das wäre ja mehr, als ich mir gewünscht hätte. Ich kann mich gerne mal erkundigen, ob und wie das möglich ist – und natürlich müsste dein Vater erst mal nach Deutschland kommen, Leila. Aber vielleicht kannst du schon mal mit deiner Mutter sprechen, und ihr kommt die Tage hier zusammen vorbei.«

Jette rennt los und fällt ihrem Vater um den Hals.

Und Max? Max schaut nur Leila an.

Sie strahlt. Leila strahlt und lacht und weint beinahe, alles in einem.

Soll er jetzt, die Nuss …?

Hier in diesem Glücksmoment? Nein, lieber nicht. *Und wenn Leilas Eltern wirklich Ja sagen … Dann, dann ist es leicht*, denkt Max. Dann brauche ich sie ihr nur wiederzugeben. Die Nuss. Denn dann bleibt sie.

MAX

Der Adventsbasar! Das ist das Erste, was Max einfällt, als er aufwacht.

Er freut sich. Nicht nur auf den Basar. Am meisten freut er sich auf Leila und darauf, dass sie ihren Eltern hoffentlich gestern noch von der Bäckerei erzählt hat. Und hoffentlich sind sie genauso begeistert!

Geht ja auch gar nicht anders. Max grinst. Weil es nämlich eine großartige, brillante, sensationelle Superidee ist!

Er springt aus dem Bett und zieht die Vorhänge auf. Knallblauer Himmel und Sonne! *Heute wird alles gut!*, denkt Max.

Und wenn Leilas Vater nun kommt und Leila auf jeden Fall bleibt? Max seufzt. Dann wird er ihr heute die Nuss wiedergeben. Kurz zieht sich sein Magen zusammen, doch dann nickt er heftig. Heute muss es endlich klappen!

»Hallo!«, begrüßt Max Jette in der Pausenhalle. »Ist Leila auch schon da?«

»Ich hab sie noch nicht gesehen.« Jette schüttelt den Kopf. »Denkst du, ihre Eltern haben Ja gesagt?« Sie wirkt unsicher.

»Na klar!«, sagt Max. »Auf jeden Fall! Ich meine, warum sollten sie das auch nicht tun?«

Dann beginnen sie mit Frau Martens und allen anderen, die Tische und Stühle für das Café zurechtzuschieben.

Und endlich kommt Leila! Sie geht hinter Alan und Ferhad her, die beide je ein Blech mit Baklava tragen.

»Oh, das sieht ja gut aus!«, sagt Frau Martens und platziert eines der Bleche gleich in der Mitte des Kuchenbüfetts. Es duftet süß und karamellig, und Alan und Ferhad strahlen.

Max stürmt auf Leila zu. »Und?«

Sie lächelt. »Ja, also …«

»So, alle mal eben herhören!« Frau Martens schaut streng in die Runde, bis alle still sind.

»Gleich«, flüstert Leila.

»Jette, du verkaufst mit Anna und Frederik jetzt von elf bis um zwölf. Dann sind Leila, Toni und Max dran, bis um eins. Und danach …« Suchend schaut sie sich um. »Ach, da seid ihr. Milan, Tobias und Emily.« Sie blickt in die Runde. »Alle anderen räumen dann in ihren Gruppen die Tische ab und so weiter. Die Liste hänge ich hier an die Pinnwand. Tannenzweige, Milch und Zucker müssen noch auf die Tische. Wer macht das? Max, die Tannenzweige? Emily, Milch und …«

Max nickt. »Hilfst du mir?«, fragt er Leila.

Jette drängt sich aus der Gruppe heraus und kommt zu Max und Leila. »Und?«, fragt sie aufgeregt. »Was haben deine Eltern gesagt?«

»Meine Mutter hat sich richtig gefreut. Sie hat mich zehnmal gefragt, ob dein Vater das wirklich ernst meint. Und dann hat sie gesagt, sie will gleich heute zum Rathaus gehen und alles fragen. Wenn sie alles ganz genau weiß, dann erst will sie mit Vater sprechen. Meine Mutter glaubt, Vater davon zu überzeugen wird nicht so einfach. Aber, aber wir glauben … ach, es wäre so wunder… wie sagt man? Wunderglaublich, oder?«

Erleichtert lacht Leila die beiden an.

Max strahlt, und Jette sagt: »Ehrlich? Oh, es wäre so toll, wenn das klappt.«

Dann macht Jette einen Schritt auf Leila zu, zögert, und es scheint, als ob sie nicht weiß, ob sie darf, was sie möchte. Doch dann nimmt sie Leila einfach in den Arm.

Während Jette sich mit Anna und Frederik hinter den Kuchentresen stellt, holt Max die Gartenschere vom Hausmeister.

»Kommst du mit?« Er tippt Leila auf die Schulter und schlüpft in seine Jacke. Kurz fasst er von außen an die Tasche. Durch den Stoff hindurch kann er die Nuss fühlen. Sie ist noch da. Ob er gleich …?

Während er Zweig für Zweig abschneidet und alles beginnt, intensiv nach Tanne zu duften, denkt er die ganze Zeit nur an die Nuss. Wie soll er es nur anfangen? Schließlich fragt er: »Und hast du gestern auch mit deiner Großmutter gesprochen? Wie geht es ihr denn?«

»Nein.« Leila schüttelt den Kopf. »Aber ich weiß jetzt, dass sie sehr, sehr krank ist.«

Max schneidet den nächsten Zweig ab. Eine Gänsehaut krabbelt seinen Rücken hinauf. Dann blickt er auf. Leila hat sich abgewandt. Doch von der Seite sieht er noch ihre Augen, die auf einmal mit Tränen gefüllt sind. Was soll er nur tun? Jetzt? Die Nuss?

»Mein Vater sagt, er glaubt nicht, dass sie wieder gesund wird«, stammelt Leila und reibt sich mit der freien Hand über die Augen. Dann schaut sie ihn an. »Verstehst du, was das heißt?«

Max wird flau im Magen. Er lässt die Schere in seine Tasche rutschen und dann – ist es plötzlich ganz leicht, Leila einfach in den Arm zu nehmen.

Er drückt sie vorsichtig, macht die Augen zu und riecht durch all den Tannenduft dieses ungewöhnliche Blumige, das Leila umgibt und an das er sich erinnert, seit dem Tag, als sie umgekippt ist. »Es tut mir so leid!«, flüstert er und muss fast selbst weinen.

Daran, dass Frederik bestimmt darüber schrecklich gegrinst hätte, denkt er erst, als sie wieder in der Pausenhalle stehen und er Frederik mit Jette und Anna am Kuchentresen sieht. Doch Frederik scheint nichts mitbekommen zu haben.

Auf allen Tischen liegen bereits rote Servietten, und zusammen beginnen Max und Leila die Tannenzweige darauf zu verteilen, als Max' Handy summt.

»Oh! Das ist bestimmt Oma.« Er zieht eine Grimasse. »Das habe ich ganz vergessen. Ich sollte ihr helfen, die Lebkuchen aus dem Auto zu holen.« Max greift in seine Jackentasche, zieht eilig erst die Gartenschere und dann das Handy heraus – und berührt dabei etwas.

Etwas rundes, runzeliges Kleines, das nun plötzlich in Bewegung kommt. Gleichzeitig mit dem Herausziehen der Hand fliegt es im hohen Bogen durch die Pausenhalle, rollt klackernd über die Fliesen und bleibt dann ganz still dort mittendrin liegen.

Max starrt hinterher – und wird knallrot.

LEILA

Auch Leila starrt hinterher. Sie hört das Klackern auf den Fliesen, erinnert sich für eine Sekunde, dass sie genau dieses Geräusch hier schon einmal gehört hat. Wann? Keine Ahnung, aber es war hier, genau hier! Dann ist es still. Das runde, runzelige, kleine Ding liegt dort. Mitten in der Pausenhalle. Das ist …! Nein! Leila lässt die Zweige fallen.

Sie geht darauf zu, bückt sich und hebt es auf. Schmiegt es in ihre Hand, eine Träne rollt über ihre Wange, die sie erst bemerkt, als sie auf ihre Hand tropft.

Großmutters Nuss! Da ist sie! Sie ist wieder da!

Es ist, als würde die Sonne in ihr aufgehen, an einem Himmel, weit und blau, und all ihre Wärme in Leila ausbreiten. Ganz fest schließt sie die Hand um die Nuss. Großmutter ist wieder da!

Dann hebt sie den Blick. Sie sucht Max, der nur dasteht, knallrot im Gesicht. In der einen Hand das summende Handy, in der anderen die Gartenschere. Er sieht aus, als wolle er etwas sagen, doch es kommt kein Wort heraus.

Sie blickt zurück in ihre Hand, dann noch einmal zu Max. Es ist unbändige Freude in ihr, doch – etwas stimmt hier nicht! Max? Die Nuss? Wieso aus seiner Tasche? Wieso *in* seiner Tasche?

Ihre Augen weiten sich. Es fühlt sich an, als reiße dieser weite blaue Himmel entzwei, als komme dort hindurch eine riesige dunkle Wolke, wie aus dem Nichts. Als verdecke sie die wärmende Sonne, um dann ein Gewitter zu entladen. Eines, das so nicht vorhersehbar war, eines, das Leila mit einer Wucht mitreißt, die sie sich so nie hätte vorstellen können.

»Du hast …? Wie lange schon hast du …? Wieso hast du …?« Und dann sind die deutschen Worte verbraucht. Wie ein gewaltiges Gewitter mit Sturzregen, Blitz und Donner, laut und grollend, so ergießen sich die arabischen Worte und Sätze über Max, der noch immer nur dasteht, wie versteinert, mit aufgerissenen Augen dann irgendetwas stammelt wie »Ich wollte doch nur …«, was sie gerade nicht versteht und auch gar nicht verstehen will.

Nichts will sie, nur die Sonne zurück und Großmutters Nuss. Und nicht diesen Schmerz des entzweigerissenen Himmels.

»*'ant last sadiq!* Du bist kein Freund!« Dann dreht sie sich um und rennt. Weg, nur weg! In der Tür stößt sie fast mit jemandem zusammen. Hört noch dessen Stimme, die kurz vertraut scheint, doch sie sieht nicht auf, hält nicht an. Sie rennt hinaus aus dem Schulgebäude, irgendeinen Weg, den ihre Füße kennen, die Faust fest um die Nuss geschlossen. *Großmutter!*, hämmert es in ihrem Kopf, *Großmutter!* So als könnte Großmutter hier und jetzt auch den Himmel wieder flicken, ihn zusammennähen, fast unsichtbar, so wie die Löcher in ihren Tischtüchern, mit feinem blauem Faden.

MAX

»Max?«, ruft eine Stimme.

Max' Blick klebt an der großen Fensterscheibe, durch die er Leila noch weglaufen sieht. Ihr Zopf hüpft auf dem Rücken auf und ab. Sie rennt. Sehr schnell. Schließlich verschwindet sie aus seinem Blickfeld.

Er fühlt sich leer. Und dumm. Unfassbar schrecklich leer und dumm.

»Max? Was ist los?«

Jetzt erst bemerkt Max seine Oma, die mit zwei großen Blechdosen im Arm neben ihm steht. Sie sieht erst ihn an und dann dorthin, wo Leila gerade verschwunden ist.

»Was ist passiert?« Oma stellt die Dosen ab. »Du bist gar nicht zum Auto gekommen. Ich hatte dich angerufen.«

Max öffnet den Mund, schließt ihn wieder und stammelt

dann: »Ich, ich … Leila hat ihre Nuss wieder. Ich hatte sie in meiner Tasche. Weißt du, wegen Kanada und so. Und eben. Eben ist sie mir aus der Tasche … Ich wollte doch gerade …« Max stockt. Er sieht auf seine Hände, in denen er noch die Gartenschere und das Handy hält.

Die Zeit möchte er zurückdrehen. Nur ein winziges Stück. Und dann alles, alles anders machen.

»Jetzt setz dich hier mal hin und warte kurz«, sagt Oma bestimmt und drückt ihn auf die Bank nahe der Eingangstür. Sie nimmt die zwei Blechdosen und geht zum Kuchenbüfett am anderen Ende der Pausenhalle.

Max guckt ihr hinterher. Wie in einem Stummfilm sieht er, wie Oma mit Jette spricht, er sieht Frederik grinsen und Milan, der die Tannenzweige aufhebt, kurz verlegen zu ihm herüberguckt und dann dort weitermacht, wo Leila die Zweige auf den Boden geworfen hatte. Von irgendwoher taucht Ferhad neben Jette auf, spricht auch mit Oma, zeigt auf etwas und nickt heftig.

Schließlich kommt Oma zurück, in jeder Hand einen Becher Tee. Neben ihr Ferhad, mit einem Teller mit zwei Baklavas darauf.

»He, mach dir nichts draus. Probier mal lieber eine«, sagt er zu Max und zeigt auf die Baklavas. »Mit dieser Nuss spinnt Leila einfach ein bisschen.« Er zuckt die Schultern.

»Danke«, sagt Max und nimmt eine Baklava. Oma setzt sich neben ihn auf die Bank und nimmt die zweite.

»Und was hat sie eben gesagt?«, fragt Max, obwohl er es sich eigentlich ziemlich genau vorstellen kann.

Ferhads Gesichtsausdruck verändert sich kurz. Dann sagt er zögernd: »Na ja, dass die Nuss wieder da ist und dass sie sich fragt, wo sie war und so.«

»Aber sie war doch richtig wütend, oder?«, fragt Max verunsichert.

»Ach, nur ein bisschen«, behauptet Ferhad. Dann fasst er Max an die Schulter, lächelt und geht zurück zum Kuchenstand.

»Lecker«, sagt Oma kauend und zeigt auf die Baklava in Max' Hand. »Probier mal!«

Max steckt sie in den Mund. Süß! Wahnsinnig süß. Und nussig! Diese Baklava schmeckt … wie Trösten. Wie eine warme Umarmung, wie eine Zusicherung, dass alles wieder gut wird. Oder er will bloß, dass sie so schmeckt.

»Ich glaube, ich habe totalen Mist gebaut«, sagt er zu Oma, als er aufgegessen hat.

»Was war denn überhaupt los?«, fragt Oma. »Habt ihr gestritten, wegen der Nuss?«

»Wir haben nicht gestritten, Oma. Ich hatte ihre Nuss in der Tasche«, sagt Max und er kann seine Oma dabei gar nicht anschauen. »Seit einer Woche! Wegen Kanada.« Er schämt sich gerade ganz schrecklich dafür. »Eigentlich wollte ich sie ihr die ganze Zeit wiedergeben. Aber … es ging nicht, irgendwie ging es immer nicht.«

»Ach, wegen Kanada hast du sie behalten.« Oma sieht aus, als ob ihr gerade ein Licht aufgegangen ist.

»Ja«, sagt Max leise. »Ich wollte einfach nicht, dass sie wieder geht.«

Bald darauf erscheint auch Leilas Mutter auf dem Basar. Alan und Ferhad stellen ihr Jette, Max und Oma Gertrud vor. Eine Zeit lang unterhält sie sich mit Alan und Ferhad auf Arabisch. Ferhad übersetzt schließlich für Max und Jette: »Leila ist zu Hause. Meine Mutter sagt, sie hat sich in ihrem Zimmer eingeschlossen.« Offensichtlich bemerkt er Max' bekümmertes Gesicht. »Morgen ist das wieder gut«, sagt er und nickt ihm zu.

Danach sprechen Oma und Leilas Mutter miteinander, zumindest, so gut es geht. Alan und Ferhad übersetzen, und schließlich probiert Aischa Omas Lebkuchen.

Als Max sich unbeobachtet fühlt, schleicht er hinaus auf den Schulhof. Im Schneckentempo geht er zurück zu dem Haufen mit den restlichen Tannenzweigen. Erst hier bemerkt er, dass ihm kalt ist. Er hat seine Jacke vergessen. Egal. Alles egal. Diese Jacke mit dieser Tasche ist sowieso schuld an allem! Gleich hat er Dienst am Kuchenstand. Dazu hat er überhaupt keine Lust mehr. Zu gar nichts hat er Lust. Er will nur noch weg. Sich verstecken, in Luft auflösen oder in einer Erdspalte verschwinden.

Wie soll das mit Leila wieder gut werden? Wie? Wütend tritt er gegen den Haufen.

»Hier, deine Jacke.« Plötzlich steht Jette hinter ihm und hält ihm die Jacke entgegen. »Deine Oma hat gesagt, es ist zu kalt ohne.«

»Danke«, murmelt Max und schlüpft doch hinein in die doofe Jacke. Nur die Hände steckt er nicht in die Taschen, nie wieder! Egal, wie kalt es ist.

»Was ist eigentlich genau passiert?«, fragt Jette.

Max antwortet nicht, aber er tritt noch mal gegen den Haufen.

»Hattest du denn ihre Nuss schon lange?«

Max zuckt mit den Schultern. Sie soll ihn in Ruhe lassen. Er will jetzt nicht antworten.

Einen Moment stehen sie schweigend nebeneinander.

»Du bist gleich dran mit Kuchen verkaufen.«

Auch darauf antwortet er nicht. Er starrt nur auf den Haufen.

Schließlich wendet Jette sich ab und geht wieder hinein. Gerade als sie an der Tür ist, dreht Max sich doch um.

»Jette, glaubst du, so etwas kann man jemals verzeihen?« Es sprudelt einfach aus ihm heraus. Warum fragt er das? Er kennt doch die Antwort.

Jette bleibt stehen. Die Türklinke in der Hand, schaut sie zu Max, zuckt die Achseln und sagt: »Ja, klar.«

»Was?« Max bekommt große Augen.

»Na ja, du hast es ja nicht gemacht, um sie zu ärgern, oder?«

Was hat sie gesagt? Ungläubig fragt er: »Du glaubst wirklich …?«

»Ja«, sagt Jette. »Warum denn nicht? Du kannst dich doch entschuldigen, oder? Schließlich ist die Nuss jetzt wieder da. Und das ist ja das Wichtigste!« Jette zieht die Tür auf. »Los jetzt, komm, du musst Kuchen verkaufen.«

Als sie hereinkommen, steht gerade Dr. Bergner am Stand. Er hat von Frederik eine Baklava gekauft.

»Wohlschmeckend!«, sagt er, nachdem er sie probiert hat. Dann nickt er kurz, blickt über den Rand seiner Brille durch die Pausenhalle und schlendert davon, Richtung Sekretariat. So als kehre er lieber wieder zurück auf seinen eigenen vertrauten Planeten.

LEILA

Leila steht vor der Kommode in ihrem Zimmer und betrachtet ihre Zeichnung von Großmutters Garten. Die ganze Zeit hält sie die Faust fest um die Nuss geschlossen, und es ist, als löse sich diese Gewitterwolke langsam auf, als würde sie kleiner und kleiner, bis der Himmel wieder weit und blau ist. Nur der Riss bleibt.

Schließlich lässt sich Leila auf ihr Bett fallen und starrt an die Zimmerdecke. »Großmutter«, sagt sie nach einiger Zeit zur Nuss. »Bitte hilf mir noch einmal.«

Sie dreht sich zur Seite und zieht sich die Decke über den Kopf. Die Nuss noch immer fest in der Faust schläft sie ein.

In ihrem Traum steht sie in Großmutters Garten und schaut hinauf in den nächtlichen Himmel, dunkel und weit.

Er trägt sieben Monde. Zunehmende, abnehmende, Vollmonde und Neumonde. Und durch einen Riss hindurch sieht sie Sterne, unendlich viele Sterne.

Von einigen werden Leitern herabgelassen. Eine nach der anderen durchziehen sie im Schein der Monde den Himmel. An ihnen steigen Gestalten hinab. Alte und junge, langsame und behände. Unten angekommen stehen sie um den Walnussbaum herum, schauen einander an und lächeln sich zu. Manche umarmen sich, weinen vor Glück, sich endlich, endlich wiederzusehen.

Sie erzählen ihre Geschichten, die sie doch alle voneinander kennen. Geschichten ihrer Mütter und Väter, ihrer Kinder und Enkel, ihrer Großeltern und Urgroßeltern. Geschichten vom Leben, von der Liebe und dem Tod.

Plötzlich tritt Großmutter Amina aus der Gruppe heraus und kommt auf Leila zu. »Geht es dir gut, mein Vögelchen?«, fragt sie und streicht über Leilas Kopf.

Doch Leila ist stumm. Sie kann nicht antworten. Jetzt, hier verwirren sich die Worte ihrer Sprachen ineinander wie in einem wilden Knäuel und keines findet sich, das hier und jetzt das rechte wäre.

Großmutter Amina lächelt und küsst Leila auf die Stirn. »Leb wohl, mein Vögelchen!«, sagt sie.

Als es zu dämmern beginnt, winken die Gestalten einander zu, umarmen und verabschieden sich, steigen die Leitern wieder hinauf, zurück durch den Riss, in ihre Sterne.

»Leb wohl, mein Vögelchen!«, sagt Großmutter Amina.

Die sieben Monde verblassen am Morgenhimmel. Großmutter ist die Letzte, die eine der Leitern erklimmt. Auf der Hälfte dreht sie sich noch einmal um, winkt Leila zu und ruft: »Vergiss nicht, mein Vögelchen: Wir sind alle im Garten!« Dann schlüpft sie durch den Riss, und Leila sieht nur noch, wie ein blauer Faden ihn von der Rückseite mit kleinen Stichen zusammennäht, so fein, dass er schließlich am Morgenhimmel unsichtbar geworden ist.

Als Leila erwacht, liegt die Walnuss auf ihrem Kopfkissen. Auf der Stirn spürt sie einen leichten Schmerz, und als sie danach fühlt, ist es der Abdruck der Nuss. Lange noch sitzt sie in ihrem Bett und schaut die Nuss an. Dann plötzlich lächelt sie und schlägt die Bettdecke zurück.

MAX

»Jette hat gesagt, sie glaubt, Leila würde mir das verzeihen.« Max stellt die zwei leeren Blechdosen auf den Rücksitz von Omas Auto. »Das mit der Nuss.« Er versucht, es möglichst beiläufig klingen zu lassen. Als Oma das Auto startet, beeilt er sich, auf den Beifahrersitz zu kommen.

»Ja, das glaube ich auch«, sagt Oma. »Aber vielleicht braucht sie ein bisschen Zeit dafür.« Kurz sieht sie ihn an, dann fährt sie los.

»Mmm.« Max schaut aus dem Seitenfenster. Zeit. Wie lange? Ein paar Tage? Oder länger? Was ist, wenn Großmutter Amina wirklich stirbt? Was bleibt dann übrig in dieser geflüchteten Nuss? Wie ist das, Flüchten? Weiß man, wohin man will, oder will man nur weg? Wo schläft man eigentlich, wenn man unterwegs ist? Und wann entscheidet man sich, irgendwo zu bleiben? Hat man dann einfach ein neues Zuhause?

Unvermittelt fragt er: »Du bist auch geflüchtet, Oma? Aus Pommern oder so?«

Oma zuckt zusammen. Sie schaut in den Rückspiegel. Auch Max schaut sich um. Kein Auto weit und breit. Sie sind alleine auf der Straße nach Lintze.

»Ich meine, wie lange dauert so etwas? Wo schläft man? Weiß man, wo man ankommt?«

Oma holt tief Luft. Dann lenkt sie das Auto auf den nächsten Feldweg.

»Es dauert lange«, antwortet sie schließlich und dreht den Zündschlüssel um. »Sehr lange. Man schläft irgendwo, wo man gerade ist. Vielleicht weiß man, wohin man will, so ungefähr zumindest. Aber erst einmal will man nur weg. Weil man Angst hat. Schreckliche Angst um sein Leben. Und ob man dann dort ankommt, wo man hinwollte? Das liegt an vielen, vielen kleinen und großen Zufällen. Sofern es so etwas wie Zufälle gibt.«

Dann ist es für einen Moment still im Auto. Schließlich schaut Oma ihn an und sagt mit leiser Stimme: »Du warst schon im Haus, als ich es Leila erzählt habe.«

Max nickt.

»Ich hätte es dir auch erzählen sollen, oder?« Oma presst die Lippen zusammen und streicht ihm übers Haar.

»Warum hast du es mir denn nicht erzählt?«, fragt Max.

Oma seufzt. »Ich dachte, du bist noch zu jung.« Sie blickt durch die Frontscheibe. »Als Leila kam, habe ich daran denken müssen, wie es war. Aber ich wusste nicht, ob und wie ich dir das erzählen sollte.« Oma Gertrud stockt. »Denn es ist keine schöne Geschichte. Es war …«

»… schlimm?«, beendet Max ihren Satz.

»Ja«, sagt Oma Gertrud und schaut Max direkt an. »Schlimm. Und Leila brauchte ich das nicht zu erzählen. Leila weiß, wie es ist.«

Als sie wenig später auf den Hof fahren, steht in der Einfahrt ein Fahrrad. Ein silbernes Fahrrad. Das Fahrrad, das er Leila geschenkt hat!

»Oma!« Max zeigt auf das Rad. Schlagartig ist alle Hoffnung dahin. »Sie hat es zurückgebracht!«

Nichts wird so sein, wie Jette oder Oma glauben!

»Sie wird nie mehr meine Freundin sein wollen«, stößt er hervor, und es ist, als habe er plötzlich ein großes schwarzes Loch im Magen.

»Das glaube ich nicht«, sagt Oma Gertrud und lächelt. »Schau mal, wer da steht.«

Max sieht auf. Leila steht auf Oma Gertruds Terrasse und streichelt die Katze.

Warum ist sie gekommen? Unsicher geht er auf Leila zu. Das schwarze Loch in seinem Magen ist noch da, vielleicht ein bisschen kleiner, denn …

In diesem Moment streckt ihm Leila ihre Hand entgegen. Die Nuss liegt darauf. Sie lächelt.

»Ich, ich wollte das nicht …«, beginnt Max eine Entschuldigung zu stammeln. Doch in das schwarze Loch scheint gerade eine helle, warme Sonne hinein.

»Ich schenke sie dir«, unterbricht Leila ihn. »Wenn es irgendwie doch nicht klappt mit der Bäckerei von Jettes Vater und wir doch nach Kanada gehen, dann erinnert sie dich an mich.« Leila legt Max die Nuss in seine Hand. »Weißt du«, sagt sie, »es ist so, wie deine Oma es gesagt hat. Großmutter Amina war nie weg. Egal, ob ich die Nuss bei mir hatte oder nicht. Denn sie wird immer da sein, bei mir. Und wann immer ich will, kann ich in ihren Garten gehen.« Leila legt eine Hand auf ihr Herz. »Weil alles, alles hier drin ist.«

Max schaut auf Leilas Hand.

Im Herzen!

Natürlich! Und auch Oma Gertrud bewahrt ihr Pommern im Herzen. Es ist, als ob sich gerade ein ganzer Kronleuchter in seinem Kopf entzündet. Dann sieht er in seine Hand. Da liegt sie nun, Leilas Nuss aus Großmutter Aminas Garten. Klein, runzelig und doch glatt und warm. Einen weiten Weg hat sie hinter sich.

Er schämt sich noch immer ein bisschen.

Doch plötzlich kommt ihm eine Idee. »Warte!«, sagt er, schließt fest die Hand um die Nuss und läuft ums Haus.

Großmutter Amina wird immer da sein, bei mir. Und wann immer ich will, kann ich in ihren Garten gehen.

Kurz darauf kommt er mit einem Spaten zurück und legt Leila die Nuss wieder in ihre Hand. »Such mal einen schönen Platz«, sagt er.

Eine Weile schlendern sie zusammen durch Oma Gertruds Garten. Schließlich bleibt Leila stehen. »Hier«, sagt sie. »Hier ist es gut.«

Max nickt, gräbt ein Loch, und die Nuss rollt hinein.

Oma Gertruds Apfelkuchen (mit Streuseln)

Für den Teig:
350 g Mehl
200 g Zucker
3 Eier
1 Päckchen Backpulver
1 Päckchen Vanillezucker
1 Prise Salz
1/5 Liter Öl (geschmacksneutral, bspw. Sonnenblumenöl)
1/5 Liter Sprudel
5–7 Äpfel (je nach Größe und Geschmack)

Für die Streusel:
200 g Mehl
200 g Zucker
150 g weiche Butter
1 Päckchen Vanillezucker

Für den Teig das Mehl mit dem Backpulver mischen und in eine Schüssel sieben. Dann Zucker, Eier, Vanillezucker und Salz daruntermischen. Unter Rühren das Öl und das Sprudelwasser zugeben, bis der Teig zu einer gleichmäßigen Masse geworden ist. Nun den Teig auf einem Blech oder in einer Springform verteilen.

Die Äpfel schälen und achteln. Dann die Äpfel dicht aneinander auf dem Teig verteilen.

Für die Streusel Mehl, Zucker, die weiche Butter und den Vanillezucker in eine Schüssel geben und mit den Händen zu Streuseln kneten. Dann die Streusel gleichmäßig auf den Äpfeln verteilen.

Das Ganze bei 180° C (im vorgeheizten Ofen) ca. 45 Minuten backen.

Hassans Baklavas

Zutaten:
450 g Blätterteig
150 g gehackte Walnüsse
100 g gemahlene Mandeln
75 g gehackte Pistazien
200 g Zucker
½ TL Zimt
250 g Butter
125 g Honig
150 ml Wasser
Einige Spritzer Zitronensaft

Butter in einem Topf zum Schmelzen bringen. Walnüsse, Mandeln und 50 g Pistazien mit 4 Esslöffeln Zucker und dem Zimt mischen.

Den Backofen auf 200° C vorheizen.

Eine Auflaufform mit Butter einfetten. Den Blätterteig in drei gleich große Stücke aufteilen. Die erste Lage Blätterteig in der Auflaufform auslegen und mit der geschmolzenen Butter bestreichen. Dann die Hälfte der Nussmasse gleichmäßig darauf verteilen. Nun folgt wieder eine Schicht Blätterteig, diesen mit Butter bestreichen und den Rest der Nussmasse daraufgeben. Den Abschluss bildet eine Lage Blätterteig.

Nun das Ganze mit einem Messer zu Rechtecken schneiden, mit der restlichen Butter bestreichen und in ca. 25 Minuten goldbraun backen.

Für den Sirup 150 ml Wasser mit Honig und dem restlichen Zucker ca. 10 Minuten kochen. Einige Spritzer Zitronensaft einrühren und das Ganze abkühlen lassen. Die Baklavas aus dem Ofen nehmen, etwa 5 Minuten stehen lassen und dann mit dem Sirup übergießen. Die restlichen Pistazien darüber streuen.

Pommersche Lebkuchen

Für den Teig:
250 g Honig
125 g Zucker
60 g Butter
1 Ei
1 Prise Salz
30 g Zitronat
30 g Orangeat
1 Teelöffel Zimt und ½ Teelöffel gemahlene Nelken
(oder 1½ TL Lebkuchen-Gewürz)
500 g Mehl
1 Päckchen Backpulver
Butter zum Einfetten oder Backpapier

Für die Glasur:
100 g Schokoladenkuvertüre

Butter, Honig und Zucker zusammen in einem Topf langsam erhitzen. Den Topf vom Herd nehmen und unter Rühren abkühlen lassen.

Das Ei in einer Schüssel verquirlen, Zitronat, Orangeat, Salz, Zimt und Nelken dazugeben.

Das Mehl mit dem Backpulver vermengen und in die Schüssel zum Ei und den Gewürzen sieben. Die abgekühlte Butter-Honig-Zucker-Masse dazugeben. Nun den Teig vorsichtig rühren, evtl. kneten. Es sollte eine klebrige, nicht zu feste Teigmasse werden.

Ein Backblech mit Butter einfetten und den Teig gleichmäßig darauf verteilen, ca. 1 cm dick. Im vorgeheizten Ofen bei 180° C (Ober- und Unterhitze) etwa 15 Minuten backen. Anschließend abkühlen lassen.

Für die Glasur die Kuvertüre in Stücke brechen und in einem Wasserbad zum Schmelzen bringen. Ggf. zweimal erhitzen, dann glänzt die Kuvertüre nach dem Aushärten. Wenn der Lebkuchenteig abgekühlt ist, die flüssige Schokolade darauf verteilen und aushärten lassen. Den Teig in rechteckige Stücke schneiden.

Alternativ können statt Zitronat und Orangeat auch sehr kleingeschnittene Trockenfrüchte und Nüsse verwendet werden: Ca. 100 g Äpfel, Birnen, Pflaumen und Aprikosen, dazu je 20 g gehackte Walnüsse und Mandeln. Evtl. mit etwas Orangensaft vermengen und kurz ziehen lassen.

»Das ist eure Aufgabe: Findet heraus, ob es das Ungeheuer wirklich gibt!«

Richard Dübell
LAST SECRETS - DAS RÄTSEL VON LOCH NESS
Band 1
208 Seiten
mit zahlreichen Abbildungen
ISBN 978-3-8339-3925-9

Eigentlich sind Franziska und Fynn ganz normale 12-jährige Zwillinge. Doch sie haben ein Geheimnis, das sie nur mit ihren Freunden Lena und Cornelius teilen: Sie sind Nachfahren von Eugène Vidocq, dem ersten Detektiv der Welt! Nachts schleicht sein ruheloser Geist sich in ihre Träume und bittet sie um Hilfe: Die Kinder sollen die letzten großen Rätsel der Welt lösen! Ihre erste Aufgabe führt sie nach Schottland zum sagenumwobenen Loch Ness ...